AF365846

EXILIADO EN EL FUTURO

Título: *Exiliado en el futuro*

1° edición: diciembre de 2014 – *Ed. Círculo Rojo*
2° edición: octubre de 2015 – *Independently published*
3° edición: marzo de 2016 – *Independently published*
4° edición: agosto de 2023 – *Independently published*

ISBN edición de tapa blanda: **9788460864790**
Independently published

Idea de portada: *Juan Antonio Villaseñor Milán*
Diseño de portada: *Juan Antonio Villaseñor Milán*
Maquetación: *Ismael Santiago*

www.ismaelsantiago.com

EXILIADO EN EL FUTURO
(Parte 1)

ISMAEL SANTIAGO RUBIO

NOTA PREVIA:

22 de noviembre de 2018

Exiliado en el futuro es mi primera novela. Comencé a escribirla hace siete años. Reconozco que me lancé al mundo de la publicación sin saber dónde me metía, sin estar totalmente preparado en cuanto al manejo de la escritura se refiere. Pero una frase que me gusta es: *"Más vale hecho que perfecto"*.

Me inicié en la autopublicación animado por mis lectores cero y para no guardar esta aventura en un cajón. Mis objetivos eran muy diferentes al principio. Únicamente esperaba ser leído por amigos, familia, compañeros de trabajo y poco más. Pero las ventas se dispararon tras el éxito de la presentación y llegaron las firmas, ferias y demás eventos. Una cosa llevó a la siguiente y comenzó a venderse fuera del país mediante Amazon. Reconozco que podían haberme llovido críticas muy duras por mi falta de experiencia literaria, que me hubieran hundido. Pero no solo salí airoso de la situación, sino victorioso, ya que, la historia que estáis a punto de leer ha sido uno de mis mayores premios, me ayudó a autodescubrirme. Publicar este libro ha sido una de las cosas más bonitas que he hecho en la vida.

Toda la ilusión que me ha acompañado desde entonces la he concentrado en aprender para mejorar mis escritos. Me he rodeado de buenos maestros de carne y hueso, y dedicado mucho, mucho tiempo en formarme para escribir mejor. Yo he sido el primero que he notado mi propia evolución literaria desde que escribí este libro. Incluso del segundo *Viajando entre dos mundos* a un tercero, que permanece en fase de creación, vuelvo a notar un cambio, un avance narrativo considerable. Escribo con más soltura y construyo párrafos coherentes en menos tiempo, lo que queda reflejado en el resultado de mis textos. El tiempo que dedico diariamente a cultivar mi escritura creo que da sus frutos. Trabajar para aprender es uno de mis objetivos, ya que me gustaría poder dedicarme a esto en el futuro. Cuando los lectores me transmiten que perciben esa evolución narrativa me alegro. Creo que voy por el buen camino.

El cambio es tan importante que pensé ofrecer un texto de mayor calidad literaria, reescribir de principio a final esta novela que tenéis entre manos. Pero por otro lado temía romper con la esencia de la aventura al hacerlo, que forma parte de mis raíces y mi evolución como escritor, ya que se puede apreciar en ella el entusiasmo y la inocencia con la que fue escrita. Aunque ganaría calidad literaria creo que perdería ese fondo que tiene, como mi primera obra. Por eso he decidido no tocar nada, dejarla tal cual. Sería como falsear de algún modo mi camino de aprendizaje. Para bien o para mal, con este texto que estáis a punto de leer volví a nacer, se inició todo. Si hay más novelas, si sigo escribiendo es gracias a *Exiliado en el futuro* y a las críticas positivas y constructivas de sus lectores.

Sin más, os dejo con el escrito de alguien demasiado atrevido, cuyo fallo principal fue dejarse llevar por la emoción del momento decidiendo publicar, quizá antes de estar preparado. El inicio de un camino que espero que sea fructífero para mí y para ti, estimado lector.

Ismael Santiago Rubio

LIBROS DE LA SERIE:

- **Exiliado en el futuro (Parte 1)**
- **Viajando entre dos mundos (Parte 2 y final)**

Dedico esta, mi primera novela, a toda esa gente que me ha apoyado y que ha permanecido pendiente de la misma durante el proceso de creación. Todos ellos me han brindado pequeñas dosis de entusiasmo e ilusión cada vez que se han interesado en ella.

En especial a mi madre, a mi padre, a Leira, a mi familia y a Alejandro Garrido Molina (mi mejor amigo), cuyo nombre he inmortalizado en el personaje principal de la novela.

Gracias a Jose Vera Cases por escucharme y animarme a escribirla, a Daniel Vidal Milán por su apoyo, y también a Beatriz García Ramón por su colaboración.

PRIMERA VIDA

Nunca hubiera imaginado un futuro mejor en la vida, ni tampoco tan espectacular. Todos mis planes, proyectos e ilusiones se detuvieron por sorpresa, para que se inaugurara la aventura que verdaderamente estaba predestinado a vivir.

En un principio, había planteado mi vida de un modo pretencioso, con el fin de alcanzar grandes objetivos, para sentirme importante y bien conmigo mismo. Con el paso del tiempo me convertí en un materialista ambicioso, todo lo que quería lo conseguía, o más bien, lo compraba. Mis posesiones superaban con creces lo necesario para mi bienestar. Creía que con esa forma de vida iba a lograr una felicidad completa, pero ahora me he dado cuenta que no hubiera sido así. En aquel entonces, la idea de vivir con esa filosofía durante el resto de mis días me parecía muy buena idea; pero si solo hubiera llevado a cabo eso y nada más, me hubiera perdido vivir algo inimaginable. Las sensaciones, sentimientos y experiencias solo se hubieran quedado en eso y nunca hubiera concebido lo mucho que había por descubrir en la vida. Solo un privilegiado como yo, por causas que más adelante contaré, podía empezar una nueva vida tan espectacular que, por mucho que os trate de explicar, no existe descripción exacta para que entendáis al completo por todo lo que he pasado, lo que he experimentado y lo que sigo sintiendo.

Ahora puedo decir que tengo la mejor vida que cualquiera pueda desear vivir, he descubierto muchas cosas que algunas personas buscan durante toda su vida sin obtener resultado alguno. No existe dinero ni nada de valor que haga alcanzar a alguien el nivel de satisfacción que tengo aquí. Todo mi alrededor forma parte de mí y yo formo parte de todo lo demás. Si hoy mismo dejara de existir, lo haría tranquilo, pensando que las experiencias vividas han merecido la pena.

A pesar de que no ha sido fácil enfocar este gran relato a modo de biografía, he preferido hacerlo así. Algunas cosas de mi primera vida —así es como yo la llamo—, no las recuerdo; otras las he descubierto con el paso del tiempo o me las han contado. Aunque tampoco me preocupan los pasajes de mi primera vida ya olvidados, ya que la vida que considero más satisfactoria y que realmente lo ha sido, es sin duda, mi segunda oportunidad. Es a la que yo realmente doy importancia y agradezco al destino por ponerme aquí.

Me he preguntado muchas veces si alguna fuerza superior que no entiendo, o tal vez alguien, es el responsable de todo lo que me ha acontecido, ¿por qué la vida me ha gratificado de esta manera? ¿Todo esto es fruto de la casualidad? ¿Tiene esto un sentido que no entiendo? Lo que sí sé es que, en mi primera vida, sin ser consciente de ello, quería y deseaba vivir aquí.

Mi nombre es Álex y vivía en Bilbao acompañado de mi mujer Ariel. Para ser más concreto, en un chalet situado en la falda de una de las montañas que rodean la ciudad.

Nací en Alicante y toda mi vida la pasé allí hasta que, por motivos laborales, tuve que trasladarme a dicha ciudad vizcaína. En Alicante tenía una vida de lo más normal en una humilde casa junto a mi madre y mis hermanos. Por humilde quiero decir que no teníamos grandes lujos, sino al contrario, vivíamos con lo justo y nos costaba gran esfuerzo llegar a fin de mes.

Por aquel entonces se originó una crisis financiera mundial, que golpeó por sorpresa los bolsillos de la mayoría de la gente. Las colas en las oficinas de desempleo se contaban por cientos cada día en cada pueblo. Todo se había ido al traste. Pocas empresas podían mantenerse en pie en las duras épocas que estábamos pasando. Aquella crisis hizo estragos en muchos hogares durante largos años. Gran parte de la población ya no se recuperó nunca económicamente de aquella gran tragedia, y muchísimas familias quedaron residiendo en la calle como indigentes para el resto de sus días. La gente se quedaba sin hogar por no poder pagar sus casas, incluso personas que dormían en la calle llegaron a morir por hipotermia, sobre todo niños pequeños. En las calles aumentó el vandalismo, los robos y la delincuencia; mucha gente no tenía nada que comer y todo valía para conseguir comida o dinero. La ley del más fuerte se apoderó de las calles y era muy peligroso andar por algunos barrios a ciertas horas. Todo se había descontrolado en gran parte del planeta, sobre todo en el sur de Europa. Por lo que he averiguado, la crisis perduró hasta el año 2024, unos dieciséis años de auténticas adversidades.

A pesar de las dificultades me decidí por hacer algo para encontrar mi sitio en el mundo laboral. Siempre me había llamado la atención todo lo relacionado con la seguridad y el protocolo. En este sector no había hecho mella la crisis ya que seguía habiendo demanda debido a la situación de inseguridad. Me decidí por ello, me puse a estudiar una temporada y recibí cursos de formación relacionados con la seguridad privada. En no mucho tiempo conseguí un currículum muy completo a nivel de formación y en el año 2014 recibí una atractiva oferta de empleo.

Medité muy bien si aceptar el empleo o no, ya que ello suponía mudarme yo solo a Bilbao. Varias veces pensé que si lo aceptaba tendría que apartarme de mi familia, dejaría mi casa donde había crecido y toda mi vida cambiaría. Nunca es fácil tomar una decisión de este tipo y menos con veinticuatro años de edad, pero me armé de valor y acepté el trabajo y el consiguiente cambio de vida. Me consideraba muy afortunado por haber encontrado un empleo en los tiempos que corrían. También sería una forma de poder enviarle dinero todos los meses a mi madre para que pudiera afrontar con mayor soltura los gastos que suponen sacar adelante una familia.

La oferta de empleo que había recibido consistía en vigilar una casa y proteger a sus tres habitantes; bueno, una casa... más bien una mansión. Dicha propiedad pertenecía a un gran empresario que vivía allí junto a su mujer y su hija. En el contrato también marcaba que en alguna ocasión debería hacer misiones de escolta acompañando a Manuel Sánchez (que así se llamaba el propietario) en sus viajes y traslados que lo requirieran. El contrato indicaba que la duración de este servicio sería de dos años prorrogables.

Así fue como dejé Alicante, mi tierra natal. Me despedí de mi familia, de toda mi gente y fui en busca de mi nuevo destino. ¡Menudo destino! Mi familia, mis amigos y yo sabíamos que iba a ser difícil vernos a partir de ahora, ya que el viaje era muy largo, y mis visitas serían escasas.

En cuanto llegué me instalé en un estudio de mala muerte, pero en cuanto me gané la confianza de Manuel Sánchez, me proporcionó una habitación —casi un apartamento—, también dentro de su gran casa. Todo el personal que prestaba servicios en su residencia vivía dentro de ella.

Manuel Sánchez era un tipo de mediana altura, de unos cuarenta y cinco años de edad, corpulento, que vivía obsesionado con su edad y con frenar su propio envejecimiento. El rasgo que más lo caracterizaba era su peinado chupado y aplastado hacia atrás;

aunque también podía apreciarse en su rostro un pronunciado estiramiento de cutis que le otorgaba a su cara un aspecto plastificado.

Era dueño de decenas de empresas, unas más grandes y otras más pequeñas; entre ellas una fábrica enorme donde se dedicaban a la innovación de baterías y sistemas de acumulación de energía, otra que se dedicaba a la fabricación de aviones privados, una en la que diseñaban y fabricaban satélites y cohetes espaciales, y entre otras, la más voluminosa: una fábrica de cabinas frigoríficas de toda clase y para múltiples funciones. Esa empresa, a pesar de su gran extensión estaba ubicada en un lugar disimulado entre los Pirineos. Si a todo esto le sumamos que Manuel utilizaba sus delegaciones para desarrollar proyectos secretos, y no tan secretos, que le demandaban algunos altos mandatarios de todo el mundo, podéis imaginaros la riqueza y el capital que poseía.

Todo esto quedaba reflejado en el aspecto de su casa, era una mansión de cuatro plantas, cada una con seiscientos metros cuadrados. La morada tenía todo lo que podéis imaginar: jacuzzis, saunas, gimnasio, sala de juegos, múltiples habitaciones, tres espaciosas terrazas y otros tantos lujos. La vivienda estaba totalmente informatizada y disponía de un gran servicio doméstico las veinticuatro horas al día. Dicha construcción estaba ubicada en una extensión de terreno del tamaño de diez campos de futbol. Fuera de la casa, que yo recuerde, había: tres pistas de tenis, una de pádel, un inmenso jardín, un pequeño circuito de motocross, un campo de golf, una piscina olímpica y otra piscina más cercana a la casa con el escudo del *Athletic Club* grabado en el fondo. En definitiva, una cantidad de cosas inalcanzables para la gente normal, y más aún con la crisis existente.

La seguridad de la casa era espectacular, yo creo en que nadie podría haberla burlado nunca. Dentro de la vivienda había siete escoltas fuertemente armados, que se encargaban de la seguridad exclusiva del interior y de sus moradores. Quince vigilantes hacíamos rondas por el recinto día y noche. Había además treinta cámaras de videovigilancia situadas estratégicamente y conectadas a una central que estaba en el interior del propio recinto y a otro edificio que estaba en un lugar secreto fuera de la finca. En las centrales había instalados treinta monitores que dos vigilantes controlaban día y noche. Sin embargo, lo que de verdad impresionaba, era que en cada una de las cuatro esquinas que delimitaban la gran finca se elevaban unas torres de metal de unos sesenta metros de altura. En ellas, los francotiradores podían usar el armamento de goma que disponían para proteger todo el complejo.

Todo parecía estar sacado de una película de Hollywood. Como he mencionado anteriormente, creo que burlar ese sistema era imposible, había demasiada seguridad para una simple mansión. En aquel entonces tanta seguridad me pareció algo sospechoso, como a mucha otra gente. Aunque nadie lo podía demostrar, se corría la voz de que esa casa escondía algo de mucho valor.

El trabajo que desempeñaba me satisfacía en esos momentos, me gustaba sentirme de aquella manera útil para la sociedad, para Manuel y me hacía sentir bien. Además, el sueldo que ganaba al mes era muy elevado. A pesar de que el mundo a nuestro alrededor estaba sufriendo una fuerte crisis económica, enseguida mis cuentas del banco aumentaron de forma considerable.

Todos los meses le mandaba dinero a mi madre, lo que hizo que sus problemas económicos se disolvieran por completo. Ella podía afrontar todos los pagos de cada mes con facilidad y a mis hermanos no les faltaba de nada. Me sentía el mejor chico del mundo por poder ayudar a mi familia de esta manera.

En mis ratos libres empecé a frecuentar un local de copas que encajaba mucho con mi nueva personalidad. En el local se estaba bastante tranquilo y se podía hablar gracias al bajo volumen de la música. Era un lugar conocido especialmente por su música chill out y por el poder adquisitivo que tenía la gente que acudía allí. Algunas veces, incluso podías encontrarte en aquel lugar con algún famoso: futbolistas, cantantes o actores de cine. Muy pocas veces podías ver allí gente de «clase media».

Poco a poco y sin darme cuenta, me había integrado en un grupo de amigos que nos reuníamos en el mismo sitio dos o tres veces por semana para desconectar de nuestra vida rutinaria. El ambiente del local ayudaba mucho a evadirse del estrés y transmitía buenas vibraciones. Cuando terminaba mi jornada laboral no acababa muy agotado, pero visitar ese establecimiento me ayudaba a separar el trabajo de mi vida personal.

Allí conversábamos de todo un poco, sobre todo de nuestras aficiones. Respecto a mi trabajo no solía contar gran cosa, ya que sin querer podría revelar datos importantes sobre Manuel y su casa. Intentaba mantenerme al margen cuando surgían ciertas conversaciones respecto a nuestros empleos.

Yo era un chico que, al venir de una familia pobre, por decirlo de alguna manera, no tenía el hábito de gastar grandes cantidades de dinero de una vez. Mi cuenta corriente se inflaba mes a mes y yo seguía sin hacer grandes gastos, no tenía nada que fuera de mi propiedad.

Pasados unos meses, por la necesidad que tenía de moverme por la ciudad, decidí comprar un coche, elegí un coche alemán, un automóvil magnífico y con un equipamiento muy completo. Después del coche comencé a comprarme ropa cara, zapatos que nunca antes imaginé que un día vestiría, relojes y todo tipo de complementos personales. Ahora sé que ser dueño de estas tonterías no vale de nada, pero en aquel entonces estaba ciego, me había invadido un ansia materialista. Me llegué a dar cuenta de que cada vez compraba más cosas para aparentar, pero seguí haciéndolo sin reparo, ya que por mucho dinero que gastaba, mi cuenta del banco seguía creciendo y creciendo, gracias a la gran nómina que generaba mi trabajo.

ARIEL

Cierto día, a punto de finalizar mi servicio, mientras terminaba de hacer la última ronda divisé de lejos al vigilante que me hacía el relevo. Me acerqué a él, le puse al corriente de las novedades de esa tarde y me fui al apartamento a descansar. Me di una ducha y al ver que aún eran las nueve de la noche, decidí salir a tomar algo.

En la propiedad de Manuel había un parking comunitario habilitado especialmente para nosotros, los empleados. Me dirigí hasta él a recoger mí coche y, a continuación salí del recinto para buscar un sitio donde poder tomar algo. Esa noche me apetecía cambiar de local, así que decidí recorrer las calles de la ciudad buscando algún sitio diferente que llamara mi atención. No recuerdo cómo se llamaba el pub al que me decidí a entrar, ni siquiera la zona donde se ubicaba, en cambio, lo que sí recuerdo es la preciosidad que vi nada más abrir la puerta: una chica sentada en una de las mesas del fondo del local.

Me quedé inmovilizado unos instantes, sin poder dar un paso ni articular palabra mientras la miraba. Ella estaba acompañada por otra muchacha que debía de ser su amiga. Era la mujer más preciosa que había visto en mi vida y a día de hoy todavía sigue siéndolo. Su pelo era negro azabache, su piel clara, sus ojos grandes y oscuros, su cara delgada y tenía una sonrisa que desde aquel momento se convirtió en mi adicción.

Cuando me reincorporé después de unos segundos, me acomodé en una de las mesas. Algo fuera de lo normal, ya que cuando entraba a un establecimiento de esas características tenía por costumbre ir directamente a la barra y sentarme allí. Todavía no sé si alguna fuerza me impulsó a sentarme en esa mesa o fueron los nervios, que los tenía a flor de piel. Quizá fui impulsado por la fuerza del amor. No lo sé.

Al momento se acercó el camarero hacia mí, pedí una cola con limón e instantes después la tenía en la mesa. Seguidamente cogí una carta que había encima de la mesa, donde aparecía un gran listado con cócteles especiales que servían en aquel sitio. Comencé a leerla. Cuando me quise dar cuenta ya no estaba leyendo, sino escondido detrás de aquel folleto mirando por el rabillo del ojo, como atraído por alguna energía singular, a aquella chica. Por suerte no se dio cuenta, porque hubiera muerto avergonzado.

Yo era un chico bastante tímido y más en temas amorosos, ya que nunca había tenido una relación de pareja ni tampoco una amiga especial. Mi única experiencia relacionada con el amor habían sido los cuatro besos tontos que di en el instituto jugando a juegos estúpidos con las compañeras de clase.

Volví la mirada a mi mesa, a mis cosas, pero pronto me sentí tentado a volver a lanzar una nueva mirada hacia donde ella se encontraba, aunque siempre con el temor de que en algún momento pudiera darse cuenta de mi descaro. Por suerte no se percató, parecía que estaba bastante ocupada con sus asuntos.

El local se estaba quedando vacío, poco a poco la gente iba saliendo. Solo quedábamos el camarero, la pareja de chicas y yo. De repente escuché arrastrar una silla, era la muchacha que acompañaba a la chica de la que os hablo que se levantaba de la mesa y, despidiéndose de su amiga con dos besos en las mejillas, se marchó de allí. Ella quedó sentada en la mesa un rato más. Pudo ser la oportunidad de acercarme y hablar con ella, pero yo era demasiado vergonzoso para eso. Además, cabía la posibilidad de que se hubiera quedado esperando a alguien, a su novio quizás, y yo hubiera hecho el ridículo. Seguí manteniendo la compostura en mi sitio, ahora sí, sin mirarla en ningún momento ya que, al encontrarse sola, prestaba más atención a su alrededor. Ella barría con su mirada el local. Cogí lo único que tenía al alcance, mi folleto de cócteles e hice de él mi escudo protector.

Después de un rato me levanté de la mesa y me dirigí a la barra decidido a pagar el refresco. Había estado en ese sitio dos horas con la misma bebida sin apenas darme cuenta, cautivado por aquella chica. Abrí mi cartera para sacar unas monedas, cuando de pronto, escuché otra silla moverse, era ella levantándose de su asiento. Eché un vistazo y observé que venía caminando hacía mí, hacia la barra. Empecé a escuchar cómo sus zapatos golpeaban el suelo al caminar y cada paso que daba, acercándose, sus tacones sonaban más fuerte en mi cabeza, golpeaban el suelo y mi corazón se aceleraba. ¿Qué me estaba sucediendo? ¿Qué era esa inquietud que recorría todo mi cuerpo?

Se paró a mi lado y llamó al camarero. Sacó un billete y pagó su consumición. Cuando me quise dar cuenta, el camarero estaba intentando llamar mi atención, ya que me había aturdido por esa mujer. El camarero pensó que me ocurría algo, le dije que me encontraba bien y que no se preocupara, que tan solo me había quedado pensando un momento.

En ese momento, la chica ya estaba saliendo por la puerta del local y yo, en cuanto me recuperé del atolondramiento que invadió mi mente, pagué e hice lo mismo.

Ya en la calle, ella caminaba a unos diez metros por delante de mí y yo simulaba que paseaba disfrutando de aquella noche tan magnífica.

De repente, aquella mujer se detuvo con un movimiento un tanto extraño, como si su pie derecho se hubiera quedado pegado en el suelo. Soltó un pequeño quejido y entonces me di cuenta de lo que le había sucedido: se había colado el tacón de su zapato en una rejilla del alcantarillado que había en medio de la acera y no podía desengancharlo. Con decisión me acerqué e intenté ayudarla, pero el zapato había quedado atrapado y entre los dos no conseguimos sacarlo. Ella trataba de equilibrarse con un solo pie, adoptando una posición bastante incómoda al no poder mover la pierna, así que tuve que agarrarle de la cintura para que no perdiera el equilibrio mientras se descalzaba el pie que tenía atrapado.

En el momento en el que la agarré de su delgada cintura y noté con las yemas de mis dedos su suave vestido, me enamoré completamente de ella.

Ya se había descalzado y el zapato seguía allí enganchado. Se sonrojó mientras me agradecía la ayuda que le estaba ofreciendo. Le devolví el cumplido con la mirada y le dije que iba a intentar sacar su zapato para que pudiera ponérselo. Estaba fuertemente atrapado, tiré con fuerza y cuando ya estaba a punto de salir, el tacón se partió cayendo al interior del alcantarillado. Me disculpé por haber roto su zapato, pero ella tocó mi brazo quitándole importancia y agradeciendo el buen gesto que había tenido. Añadió que eran unos zapatos baratos. Yo estaba dispuesto a comprarle unos nuevos y se lo dije, pero ella se negó rotundamente contestando que no era necesario.

La situación fue un poco embarazosa, ella tuvo que descalzarse el otro pie para compensar el paso y poder caminar bien. Me dio las gracias de nuevo y decidida a irse descalza se despidió de mí.

Tuve que interrumpir su camino, no podía dejarla ir así, le ofrecí llevarla en coche. Se negó, pero yo insistí diciéndole que podría lastimarse y que el coche lo tenía muy cerca. Ella finalmente cedió volviendo a darme las gracias.

Subimos al coche y me pidió que la llevara a casa. Tardamos veinte minutos aproximadamente en llegar, ya que vivía a las afueras de la ciudad, tiempo que aprovechamos para intercambiar algunas palabras que permitieron empezar a conocernos.

En el coche nos presentamos ya de forma normal. Se llamaba Ariel, tenía veintitrés años, uno menos que yo. Me preguntó si trabajaba y en qué. Le respondí que lo hacía en seguridad privada, aunque de momento no le dije que lo hacía para Manuel, ya que la gente sospechaba que en su propiedad ocultaba algo y no era especialmente querido en la ciudad.

La conversación fue agradable, me contó que hacía poco había perdido su trabajo, que vivía con sus padres, que le gustaba la música clásica e incluso, que no tenía pareja. En ese momento esbocé una pequeña sonrisa de la que ella no se dio cuenta y seguidamente me preguntó si yo tenía novia o estaba casado, sin titubeos le contesté que no. Noté que seguía hablando conmigo con una cierta ilusión.

Cuando llegamos a la puerta de su casa me armé de valor y le pedí el número de teléfono, también le pregunté si le parecía bien que algún día la llamara para tomar algo. Asintió con la cabeza e intercambiamos nuestros números. Agradeciéndome todo lo que había hecho esa noche por ella, se bajó del coche, dejándolo impregnado con el olor de su perfume, que a esas alturas ya me estaba volviendo loco. Después de avanzar descalza sobre las losetas rústicas de su jardín desapareció tras cruzar la puerta de su casa.

Volví muy ilusionado a mi apartamento. Durante los siguientes días no paré de pensar en Ariel. Sentía ganas de llamarla para quedar cuanto antes, tal y como habíamos acordado, así que decidí que lo haría el sábado. Había sido un flechazo en toda regla, ahora que la había conocido, necesitaba verla.

Cierto día de esa semana, mientras realizaba una ronda, recibí un mensaje de texto a mi teléfono personal. En ese mensaje, Ariel me agradecía otra vez el comportamiento que tuve con ella la otra noche. Al final del mensaje me preguntó si me apetecía salir el próximo sábado a cenar, tal y como yo había pensado. Esta fue la primera vez que se debieron cruzar nuestros pensamientos, surgiendo así la química entre ella y yo. En el mensaje me proponía comer en un restaurante italiano. Pasé el resto de aquella semana esperando impaciente el día de la cita.

El sábado salí del trabajo, me dirigí al apartamento a ducharme y prepararme para más tarde ir a recoger a Ariel.

Cuando llegué me estaba esperando. El camino de piedra rústica que separaba la puerta de su casa del lugar donde yo esperaba dentro de mi coche, estaba preparado para el acontecimiento. Mientras se acercaba, la miré desde el asiento de mi vehículo y otra vez su belleza inundó mi mente. Esa noche había cambiado el vestido que llevaba cuando la conocí por unos leggins negros y una camiseta larga que le tapaba la cintura. Llevaba el pelo suelto y ondulado. Esa imagen es una de las que han quedado grabadas en mi cabeza y permanecerán en ella para siempre.

Ariel abrió la puerta del acompañante, entró en el coche y me acercó su cara, nos dimos nuestros dos primeros besos. Una vez sentada a mi lado pensé que hubiera estado bien actuar como un caballero bajando del coche y abriéndole la puerta del acompañante, pero ya era demasiado tarde para ello. En esos momentos estaba tan nervioso que ni se me pasó por la cabeza.

Estaba guapísima. La piropeé mientras acaricié su muslo con la mano derecha. Cuando estaba a punto de terminar esa caricia y apoyar la mano en la palanca de cambios, posó su suave palma encima de la mía para convencerla de que se quedara allí un rato más. Le dije que estaba impaciente por ver el lugar al que me quería llevar a cenar. Tras preguntarme si tenía hambre y si me gustaban los espaguetis, me reveló el nombre del restaurante italiano al que nos dirigíamos.

Después de unas cuantas indicaciones que Ariel me dio, mientras me decía que me chuparía los dedos si me pedía los espaguetis de la casa, llegamos al *«Ristorante Veni, Vidi, Vici»*.

Recuerdo que allí cené como nunca antes lo había hecho. Ariel no había exagerado en nada, estaba todo delicioso. Cuando acabó la cena la llevé a tomar algo al local que yo solía frecuentar. Ariel quedó algo sorprendida al ver el lugar, pues no estaba acostumbrada a visitar sitios de alto nivel. Allí encontramos a tres de mis amigos y, tras presentarles a Ariel nos tomamos una copa. La noche fue pasando.

La relación que tuve con Ariel evolucionó bastante bien. Al poco tiempo dejé el apartamento que Manuel me había cedido en su finca para comprar un chalet en la falda de la montaña y vivir con ella. Seguía trabajando para él, me debió renovar el primer contrato ya que firmé por dos años y, estoy seguro de que había transcurrido más tiempo.

Formé un hogar junto a Ariel y tuvimos la casa que mucha gente desearía tener. Todo era perfecto; mi vida, en general, marchaba sobre ruedas. Gracias a mi poder adquisitivo, nuestras posesiones aumentaban y, sin darme cuenta, con el tiempo nos fue invadiendo la necesidad de tener cosas. Me rodeaban muchos lujos: coches de alta gama, ropas carísimas, varias motos, un yate, dos pisos en el centro y hasta hice construir un cine en *3D* en el interior de mi chalet. También comencé a comprar cosas inútiles simplemente para aparentar: cuadros pintados por antiguos artistas del renacimiento y esculturas anteriormente expuestas en importantes galerías de arte.

Mi vida y mi personalidad habían cambiado completamente, sufrieron un giro de trescientos sesenta grados. Anteriormente, cuando vivía con mi madre era alguien más humilde, me conformaba con poco y no necesitaba gran cosa para subsistir. Pero desde que conocí a Manuel y empecé a disponer de mucho más dinero, mi codicia y mi ambición aumentaron considerablemente. Creo que empecé a verme reflejado en la vida que él tenía y sin ser consciente quise, por así decirlo, seguir un poco sus pasos.

Hasta aquí pensaba que nada podría irme mejor. Tenía una mujer preciosa a mi lado, dinero y un trabajo muy bien remunerado. Pero me equivoqué, esa felicidad y bienestar que sentía en esa época no es nada comparado a lo que hoy día siento.

Ariel y yo vivíamos muy enamorados, todo lo que nos rodeaba nos hacía sentirnos muy felices. Teníamos lo que queríamos en todo momento. Nuestro ocio era muy diferente al de la gente normal. Nosotros no nos conformábamos con ir al cine o a la playa, como personas corrientes; nosotros preferíamos ir en nuestro yate a una isla paradisiaca o alquilar un avión con su tripulación para sobrevolar algún lugar misterioso de la tierra, o tal vez visitar los hoteles más caros del mundo. Nos aficionamos a deportes como el golf, el pádel y también empezamos a montar a caballo. Algunos de mis amigos del local compartían con nosotros estas aficiones y pasábamos muy buenos ratos junto a ellos.

FRIGOMA S.L.

En mi jardín se daban las circunstancias idóneas para gozar de esa estupenda mañana. Después de unos momentos de disfrute y de relajación me dispuse a atender las necesidades de mi jardín. Con una azada y unos guantes comencé a arrancar las malas hierbas.

Ariel me observaba desde el porche mientras tomaba café. Siempre estaba muy pendiente de mí y eso me gustaba.

Desde el interior de la casa se escuchó el timbre de mi teléfono móvil. Pedí a Ariel que me lo acercara y atendí la llamada. Era Manuel que me necesitaba para un trabajo especial. Por teléfono no pudo, o tal vez no quiso, especificarme de qué se trataba. Así que Manuel me citó para que asistiera al día siguiente a una reunión en su casa.

Recuerdo que tuve que suspender unos planes que había concertado para ese día. Ariel y yo nos quedamos sin realizar un viaje en globo hasta Santiago de Compostela que ya habíamos reservado. El trabajo era prioritario.

Al día siguiente me levanté temprano para acudir a la cita. Antes de salir le di un beso en la frente a Ariel sin despertarla. Madrugué más de lo habitual porque quería hacer un par de recados antes de asistir a la reunión. Durante el trayecto paré a tomar un café, compré el periódico y entré a una floristería a encargar un ramo de rosas para regalárselas a Ariel a mi vuelta.

Entré a la propiedad de Manuel pasando el control de seguridad que establecían mis compañeros. Acto seguido me dirigí con mi coche hasta el parking para empleados, situado en los sótanos del complejo. Aunque no teníamos una plaza de garaje estipulada para cada uno, nunca resultaba difícil encontrar hueco libre. Sin embargo ese día, a pesar de la treintena de plazas, ninguna se hallaba disponible. Al final de esa planta, un cartel sobre un pasillo anunciaba un nivel inferior de cocheras. Nunca antes había pasado por allí ya que no me había hecho falta. Además, este paso siempre estaba cerrado por un gran portón. Aquella mañana el acceso hacia el siguiente nivel de sótanos permanecía abierto por alguna razón. Pasé por ella con la intención de dejar allí mi coche.

El pasillo me encaminó por un pequeño túnel que descendía girando a la derecha. De pronto, el pasadizo acabó y me quedé sorprendido por lo que vieron mis ojos. Dos guardias armados junto a una barrera controlaban el acceso, la zona estaba bastante iluminada y pude ver que a espaldas de los guardias, la planta era exacta a la superior. No había ningún vehículo allí y al fondo llamó mi atención una persiana con un gran cartel en el que se podía leer: *«PROHIBIDO EL PASO. ZONA RESTRINGIDA»*.

Antes de que pudiera fijarme en más detalles, los guardias obstaculizaron y bloquearon mi paso. En cuanto los vi, me di cuenta de que no eran vigilantes de seguridad como yo, no llevaban el distintivo ni tampoco el uniforme correspondiente. Esas personas no tenían nada que ver con el trabajo que yo realizaba arriba, en la superficie. Aun identificándome como empleado de Manuel y haciéndoles saber que mi única intención era aparcar mi vehículo, me impidieron estar allí más tiempo y me hicieron retroceder por el mismo camino por el que había venido. Su trato fue con malos modales, casi violento.

Me pregunté qué podría haber allí abajo tan importante como para que dos tipos armados hicieran guardia en esa planta. Aunque se rumoreaba que algo valioso había en la casa, nunca me había parado a pensar demasiado en ello ni le había dado mucha importancia. Pero después de ver aquello me empezó a inquietar el asunto. Sabía que la seguridad de la finca era excesiva incluso para una propiedad de ese valor. Comencé a pensar que la seguridad exterior en la que yo participaba, indirectamente actuaba sobre ese sótano y lo que él escondía. Tantísimo personal de seguridad, guardias custodiando los sótanos, rumores sobre la casa, la mala fama de Manuel... Todo parecía apuntar a la existencia de algo más importante que la propiedad en sí.

Subí hasta el primer sótano un tanto desconcertado. Un vehículo había abandonado su aparcamiento así que aproveché el hueco y estacioné el mío. En mi cabeza se formulaban muchas preguntas sobre lo que acababa de ver. Me hubiera gustado ir directamente a Manuel y preguntarle sobre lo que vi, pero la confianza que él daba a sus empleados era mínima, así que lo desestimé de inmediato.

Era ya casi la hora de la reunión y no podía perder más tiempo. Cogí el ascensor y pulsé el número cuatro que me llevaría a la última planta, donde estaba la sala de reuniones. Una vez en ella saludé a Manuel, que me esperaba allí junto a sus siete escoltas. A alguno de ellos los conocía por verlos en ocasiones durante mis servicios. Las persianas de la sala estaban bajadas para facilitar la visión de un proyector de diapositivas que colgaba del techo. A continuación, nos sentamos alrededor de una larga mesa ovalada, Manuel se colocó en ella a modo de anfitrión. Recuerdo bastante bien las palabras que nos dijo:

—Hola, buenos días a todos, os he convocado hoy aquí para encomendaros una tarea importante. Lo primero es presentaros a

Álex. Es uno de mis vigilantes y lo he elegido para que nos acompañe y colabore junto a vosotros —explicó mientras realizaba un ademán que me presentaba ante ellos—. El lunes tengo que hacer un viaje importante a *Frigoma S.L.*, una de mis empresas situada en Cauterets, un pequeño pueblo francés de los Pirineos. En ella me dedico a la fabricación y mantenimiento de cámaras frigoríficas. Iré a atender unos asuntos y estaré allí aproximadamente diez días. Vuestra labor será escoltarme, protegerme todos esos días y garantizar mi seguridad.

Más tarde, empezó a explicar el protocolo a seguir utilizando su proyector. Mi misión sería, básicamente, conducir el vehículo en el que viajaría Manuel. Iría desarmado, al contrario que mis compañeros. Después de asegurarse de que habíamos entendido todo a la perfección y de que no teníamos dudas, nos dio un apretón de manos a cada uno y nos dejó descansar hasta el día del viaje.

De vuelta a casa pasé por la floristería y recogí las flores encargadas. Las dejé con cuidado en el asiento trasero de mi coche y conduje, tranquilo hasta mi hogar.

Una vez allí, en vez de usar las llaves para abrir, pulsé el timbre para así obligar a Ariel a abrir la puerta y sorprenderla con el ramo. Se llevó una grata sorpresa al verme aparecer con ese precioso ramo de doce rosas blancas. Más tarde le comenté los motivos de la reunión, añadiendo que tendría que salir el próximo lunes de viaje por unos diez días. Noté cómo frunció el ceño. No debió de gustarle mucho la idea.

No quise compartir con ella mi episodio en los sótanos de la casa de Manuel, bastante inquieto estaba yo con el tema, como para preocuparla a ella también.

Ariel me ayudó bastante con las maletas y los preparativos.

Además, estuvo pendiente de que no se me olvidara nada importante para el viaje hasta el último momento. Ella se encontraba un poco apenada por mi viaje, ya que iba a ser la primera vez que salía de casa por tanto tiempo sin ella. Aunque Ariel intentaba no mostrar sus nervios, no consiguió disimularlos. Yo, en cambio, no estaba nervioso, simplemente le daba vueltas a mi cabeza pensando qué escondía Manuel bajo aquella mansión.

Recuerdo que el último día antes del viaje estuve algo decaído. Estaba segurísimo de que extrañaría a Ariel durante mi estancia fuera de casa.

A las cinco de la madrugada ya tenía todo listo para partir. En las maletas llevaba un neceser con los accesorios de baño más importantes, tres trajes negros y mi pijama favorito. No porté arma ya que mi labor principal era, tan solo, ser chófer de Manuel.

Cierta ilusión corría en mi interior ya que iba a ser una nueva experiencia en mi vida. Además, Manuel nos prometió pagar trece mil euros a cada uno por esos diez días de servicio, incentivo que había llamado bastante mi atención.

A pesar de ser muy temprano, Ariel se levantó de la cama para despedirme. Tras recibir un beso lleno de pasión y sentimiento, Ariel me dijo con voz temblorosa que tuviera cuidado durante mi estancia fuera de casa. Le prometí que lo haría y que antes de darnos cuenta volveríamos a estar juntos. Después de una tierna despedida y un par de *«te quieros»*, cogí mi equipaje y me marché.

No os imagináis lo que lamento no haber podido cumplir estas últimas palabras tal y como las dije.

El olor que desprendía Ariel me encantaba. Despertaba cada

mañana todos y cada uno de mis sentidos como si de una química especial se tratara. Cada vez que penetraba en mí su esencia, me provocaba una explosión de sentimientos incontrolables. Aquella mañana, esa especie de fragancia mágica impregnó mis recuerdos para siempre. Aún recuerdo el aroma como una obra maestra creada por la naturaleza, provocaba que la echara de menos cada día, cada minuto y cada segundo que mi corazón permaneció solo y apartado de ella.

Por el momento Manuel no compartió con nosotros el motivo por el cual tenía que visitar *Frigoma*. A la hora fijada llegué a su finca, donde comenzó el operativo. En un patio trasero de la casa esperaban preparados los vehículos que íbamos a usar. Eran tres lujosos todoterrenos negros, con ventanas tintadas. Uno de los vehículos era un tanto peculiar, a pesar de estar equipado con un sistema de video vigilancia inteligente de última generación, su carrocería estaba blindada. Ese fue el que ocupó Manuel y el que yo debía de conducir. Los escoltas estábamos listos y esperábamos al jefe en la puerta trasera de su casa.

Cuando la puerta se abrió observamos a Manuel despidiéndose de su mujer y de su hija. Sin demorarse más nos reunió en una especie de semicírculo en torno a él y nos saludó uno a uno, para dar paso a unas palabras protocolarias antes de que ocupáramos los vehículos.

La distribución fue la siguiente: El primer coche lo ocupaban dos de mis compañeros, al igual que el tercero. Los asientos del coche blindado (el segundo) los ocupamos cuatro de nosotros: en la parte delantera uno de mis compañeros fue mi copiloto y en la trasera, Manuel junto a dos de sus empleados.

Seguidamente me coloqué al volante y a pesar de estar

acostumbrado a coches de alta gama, reconozco que quedé un tanto impresionado. El habitáculo del coche era muy amplio, su conducción era cómoda y suave, y la potencia de esa máquina se podía notar en cada cambio de marcha. Su manejo era opcional: automático o manual. Configuré las marchas para que fueran manuales. Siempre pensé que si te gusta conducir y sentir el brío del coche hay que hacerlo manualmente y yo me disponía a disfrutar con mi trabajo.

Como ya he mencionado, el vehículo albergaba en su exterior un par de cámaras de video vigilancia, una en la parte delantera y otra en la trasera que, aparte de mostrar sus imágenes en el interior del vehículo, también se grababan en una caja negra similar a la que llevan los trenes y aviones.

Nuestro convoy de vehículos abandonó la finca poniéndose en camino y dispuesto a consumir esos cuatrocientos cuatro kilómetros de carreteras comarcales que nos separaban de nuestro destino.

Manuel recientemente había renovado a todos sus escoltas. En aquel momento, ninguno de ellos superaba los tres meses de servicio bajo sus órdenes. Por ese motivo, ninguno de nosotros había visitado antes la empresa a la que nos dirigíamos. Durante el trayecto, Manuel nos reveló algunas características de *Frigoma*. Nos explicó que su empresa la componía un extenso polígono y una cercana zona de pruebas, y nos dijo que, aparte de exportar a todo el mundo, frecuentemente les demandaban trabajos únicos y especiales.

Siguió contándonos que sus ventas fuertes y al por mayor solían ser cámaras frigoríficas, congeladores para difuntos y cabinas preparadas para el sector del transporte. Dada la alta tecnología que habían desarrollado en *Frigoma* respecto a cámaras frigoríficas de todo tipo, se habían convertido en una sociedad líder y amiga de los grandes demandantes de sus productos. Además, importantes representantes de empresas científicas privadas y de varios departamentos del gobierno norteamericano frecuentaban las instalaciones para solicitar encargos secretos cada vez más comprometidos. De ahí que *Frigoma* se encontrara casi escondida entre montañas, en las inmediaciones del pequeño pueblo de Cauterets que no alcanzaba los dos mil habitantes. Aunque en invierno el lugar recibía notables visitas a la estación termal y a la famosa estación de esquí de Cauterets, seguía siendo un emplazamiento tranquilo y discreto para seguir creando esos proyectos tan particulares.

Quedamos impresionados al escuchar la revelación que nos brindó Manuel sobre su gran negocio. Si tenía alguna duda sobre si era un tipo tan importante como para ir acompañado de ocho guardaespaldas para visitar *Frigoma*, su reciente explicación despejó todas mis dudas.

Pese a lo descubierto, la seguridad de su residencia seguía pareciéndome excesiva ya que, en principio, no tenía relación alguna con sus negocios. Este pensamiento puntual hizo que recordara de nuevo el incidente que sufrí en los sótanos días atrás. Pregunté para mis adentros si algún secreto de *Frigoma* tendría relación con lo que ocultaba Manuel bajo su mansión. Decidí estar con los ojos bien abiertos.

Conforme avanzaba nuestro viaje hacia Cauterets notábamos el fuerte cambio de temperatura. El clima allí era muy diferente al que teníamos en nuestra zona. Por el camino hicimos dos paradas, una para tomar un tentempié en un bar de carretera y más tarde otra para comer en un restaurante de un prestigioso chef amigo de Manuel.

Una vez saciado nuestro apetito nos pusimos de nuevo en

camino. Nada más entrar al vehículo Manuel trató su cutis con las cremas antienvejecimiento que siempre llevaba consigo. A continuación, circulamos durante algunos kilómetros más hasta adentrarnos en los Pirineos.

A partir de aquí las curvas se adueñaron de la carretera. Viajamos por peligrosos puertos de montaña hasta que llegamos a un camino asfaltado sin señalización que salía de la carretera principal. Tomamos dicho camino y, tras un par de kilómetros, llegamos a la empresa de Manuel.

Detuvimos los tres coches, uno detrás del otro frente a un portón que marcaba la entrada a la empresa. Un responsable del lugar la abrió de par en par ofreciéndonos paso. El acceso me impresionó. Traspasamos ese alto portón de madera que crujió al abrirse y que debería pesar varios cientos de kilos. Seguimos adelante atravesando un pasaje muy iluminado por unas farolas que proyectaban su intensa luz sobre el asfalto.

Terminó de caer la noche justo cuando llegamos al principal control de accesos de *Frigoma*, donde nos detuvo una barrera. Manuel, desde su asiento trasero, alargó su brazo entregándome una tarjeta para que la introdujera en un lector adosado a un poste junto a mi ventanilla. La barrera se abrió y los tres vehículos entramos a una gran extensión de terreno donde camiones, grúas, carretillas, plataformas y gente trabajando a toda prisa, ocupaban esa gran explanada.

Al fondo se divisaba una decena de naves industriales. Parecía una pequeña ciudad industrial, todo aquello era *Frigoma S.L.*

El perímetro de ese gran polígono lo delimitaba un muro de seguridad de cinco metros de altura por dos de grosor. En la parte superior, un alambre enrollado con espinas disuadía aún más de posibles sabotajes. El enorme tabique garantizaba la seguridad del lugar convirtiendo el emplazamiento en una auténtica fortaleza.

Nos dirigimos al que llamaban edificio cerebro, o edificio principal, donde se encontraba el despacho de Manuel. Cuando llegamos estacionamos los coches junto al edificio cerebro. Manuel abandonó el vehículo y ordenó a uno de mis compañeros que lo siguiese al interior del inmueble. Los demás permanecimos fuera a la espera de nuevas órdenes. Al tiempo, la secretaria de Manuel se nos acercó y ordenó que entráramos al interior del edificio, para que acudiéramos a la sala de conferencias, donde el jefe nos esperaba.

Una vez allí explicó que nos repartiríamos el trabajo en dos turnos durante los siguientes días. Por las mañanas, cuatro acompañaríamos a Manuel a cada sitio que fuera y por las tardes lo harían los cuatro restantes. También puntualizó dónde pasaríamos las noches: dentro de ese mismo complejo en un edificio equipado con habitaciones, similar a un hotel. La habitación de Manuel se localizaba en la última planta del mismo bloque en el que nos alojamos.

Me tocó el turno matinal y como ese día ya era tarde, tanto a mí como a mis acompañantes de turno se nos dio permiso para ir a descansar. Antes de que la secretaria nos acompañara al edificio hostal, aparcamos los coches en un garaje cercano.

La señorita nos enseñó a cada uno y de manera individual la que iba a ser nuestra habitación. Nos proporcionó las llaves correspondientes y nos reveló importantes datos del edificio como la ubicación de lavabos, ascensores, cafetería y salidas de emergencia. Una vez cumplida su labor, que realizó con sobresaliente amabilidad, se marchó.

Ese día había conducido durante muchos kilómetros seguidos y a esas horas empecé a notar el cansancio acumulado, así que decidí ir a dormir pronto. Antes de meterme en la cama marqué el número de Ariel en mi teléfono móvil, con la intención de desearle buenas noches y contarle cómo había ido todo. Tras varios intentos, no pude hablar con ella. Por mucho que busqué un punto con cobertura en mi habitación, no lo encontré. Así que no me quedó más remedio que dejar pendiente esa llamada para efectuarla al día siguiente desde fuera del dormitorio.

Aquella noche no me costó conciliar el sueño, necesitaba realmente descansar, el viaje había sido agotador.

ZONA DE PRUEBAS

A la mañana siguiente, el despertador hizo que me levantara de la cama. Después de vestirme y desayunar en la cafetería del complejo, situada en los bajos de ese mismo edificio, intenté nuevamente llamar a Ariel. Sin embargo, seguía sin haber cobertura en aquel sitio. Tenía muchas ganas de charlar y contarle algunas cosas. Más tarde descubrí que, por motivos de seguridad, solo disponían de cobertura telefónica en el edificio cerebro, así que pospuse de nuevo la llamada. Imaginé que Ariel estaría preocupada por no haber recibido noticias mías desde que salí de casa.

Descendí junto a mis tres compañeros de turno hasta el recibidor del edificio. Allí esperamos a Manuel, que no tardó mucho en aparecer. Uno de los empleados puso a nuestra disposición uno de los todoterrenos. Manuel indicó que subiéramos a él para ponernos en marcha y a continuación circulamos por esa pequeña ciudad industrial dirección a *la zona de pruebas*.

La zona de pruebas era un lugar apartado unos doscientos metros del conjunto de edificios de *Frigoma*, donde trabajaban en grandes compartimentos hundidos en el suelo. Para que os hagáis una idea, eran enormes huecos del tamaño de una piscina olímpica. Las paredes y el fondo de cada gran compartimento estaban forradas con paneles que se encargaban de enfriar el interior de estos enormes fosos. Cuando estaban preparados, esos depósitos que se encontraban a ras del suelo, eran llenados con agua. Manuel nos aclaró que allí realizaban pruebas de congelamiento rápido. Al parecer, algún misterioso cliente les había encargado un proyecto secreto en el que demandaban una gran cámara, capaz de congelar grandes cantidades de agua en escasos segundos. En aquel lugar trabajaban contrarreloj para lograr solidificar el contenido de aquellos embalses artificiales, en tan solo tres segundos.

En circunstancias naturales, ese proceso tardaba muchas horas en surtir efecto, incluso días. Aun así, solo se congelaba, aproximadamente, el metro y medio más cercano a la superficie. Ya que una vez congelado, este actuaba de aislante respecto al resto del fluido interior, evitando así que el resto del agua continuara con el proceso de solidificación.

Hasta aquel día, los operarios habían logrado congelar la masa completa de aquellos compartimentos en dieciséis segundos, que ya suponía todo un logro. Pero todavía les quedaba un duro y largo trabajo para reducir ese tiempo a tres segundos.

Salimos del gran recinto empresarial en el que nos encontrábamos para entrar seguidamente a la adyacente *zona de pruebas*. A doscientos metros nos encontramos ante otro lugar cercado y protegido con altas medidas de seguridad.

Todo aquello estaba rodeado por montañas, por lo que para crear ese gran espacio de pruebas habían excavado, creando un gran rectángulo diáfano hundido en la roca. Dicho rectángulo constaba de ochenta mil metros cuadrados de terreno, que en su fondo albergaba inmensos tanques de agua. Al entrar en aquella gran superficie nos vimos rodeados por altas paredes que habían sido talladas por el hombre en la montaña. Unas creaciones dignas de ver, construidas para delimitar y proteger aquel proyecto tan especial.

Esa extensión incluía veinte congeladores de las características que he descrito pocas líneas atrás. Parecían lagos perfectamente cuadrados. Algunas de estas balsas se encontraban congeladas, otras vacías y otras llenas de agua en estado líquido. En las vacías, decenas de operarios trabajaban incesantemente en su interior, mejorando el rendimiento de los paneles de enfriamiento.

Cada congelador tenía a su alrededor una pequeña valla de medio metro de altura. Esta evitaba la posible caída de objetos al interior y servía de barandilla *quitamiedos* para las personas que trabajaban en las inmediaciones.

Mientras, buscábamos con el todoterreno al encargado de la zona; Manuel quería verle.

No terminaba de amoldarme a las gélidas temperaturas del lugar. Los congeladores disminuían aún más la temperatura de la zona. Mis dedos estaban entumecidos y me vi envuelto en un tiritar que fui incapaz de disimular.

Una vez encontramos al encargado, Manuel comenzó a dialogar con él mientras nosotros permanecíamos de pie, a varios metros de ellos. Los cuatro miramos nuestro entorno, asombrados por las dimensiones y la enorme actividad del área.

A las diez de la mañana, una bocina sonó informando a los empleados de que su jornada laboral había finalizado. Los operarios abandonaron sus puestos de trabajo y salieron rápidamente del recinto, dejándonos a los seis solos en él. Durante el día se detenían las pruebas, no se trabajaba. Cuando el sol empezaba a calentar se dificultaba mucho la realización de las pruebas y los congeladores funcionaban de forma forzada y lenta. Por esa razón solo era posible trabajar en la oscuridad de la noche y en las primeras horas de la mañana.

Manuel y el responsable del proyecto seguían con su conversación. Pude distinguir la lejana voz de Manuel pidiendo una demostración del proceso de una de las cámaras. Seguimos a los dos a pie hasta las proximidades de uno de los tanques que permanecía lleno de agua y listo para el proceso de solidificación. En las inmediaciones del congelador, una cabina de mandos era la responsable de activar el enfriamiento del tanque. Ambos se adentraron en ella, quedando nosotros fuera. Esperamos allí con cierta precaución, puesto que ese embalse no disponía de valla quitamiedos. Estábamos a punto de presenciar algo único jamás visto y ninguno nos lo queríamos perder.

Sin más tardar, activaron el proceso desde de la cabina. Una luz blanca se reflejó en el fondo del tanque. Se oyó un zumbido progresivo a la vez que un marcador digital, sujeto a la caseta, comenzó a contar segundos.

—Uno, dos, tres, cuatro...

Ninguno de los cuatro quitábamos ojo a ese gran foso de líquido. Nos mostrábamos impacientes por ver cómo se congelaba. Mientras, los segundos corrían...

—Cinco, seis, siete, ocho...

De pronto comenzó a temblar todo nuestro alrededor. Al principio pensé que formaba parte del proceso, pero cuando las vibraciones fueron aumentando y vi que el suelo se movía sin control, supe que se trataba de un terremoto. Presté atención a mis compañeros: dos habían caído al suelo mientras otro luchaba por mantenerse de pie. Qué momento más oportuno para un terremoto.

A nuestro alrededor, las farolas y los postes comenzaron a desplomarse. Los tendidos eléctricos desprendían chispas a causa del fuerte balanceo y, mientras tanto, los segundos seguían contando...

—Nueve, diez, once...

A mis espaldas, sin ser consciente de ello, una ligera carretilla elevadora se desplazaba hacia mí impulsada por el seísmo. Recibí un fuerte golpe en la espalda, golpe que me empujó hacía el tanque lleno de agua. Salí despedido por los aires aterrizando sobre el gélido líquido a punto de completar su proceso de congelación...

—Doce, trece...

Perduraban los temblores en el terreno mientras yo luchaba contra las aguas por salir a flote. Era imposible, pero tenía que salir de allí como fuera. Me quedaba poco tiempo...

—Catorce, quince...

El agua estaba extremadamente fría. Recuerdo que sentí un dolor punzante en las costillas, como si me penetraran mil cuchillos a la vez. Mi cuerpo se estaba helando y ya casi no podía mover un brazo. Luché contra el agua por última vez, pero perdí la batalla. Al segundo dieciséis, tal y como estaba previsto, mi cuerpo se apagó y quedé congelado junto al resto del agua, que se había convertido en un gran bloque de hielo.

Hasta aquí es donde puedo contar sobre mi primera vida.

SEGUNDA OPORTUNIDAD

En este punto quizás os estéis preguntando si tuve dos vidas. Tal vez empecéis a pensar en alguna clase de resucitación paranormal. Si es así, no estáis en lo cierto, no es nada de eso. Todo tiene una explicación muy distinta a esas teorías y que solo podrían ser sostenidas por personas con fe en esos temas y que yo no comparto. Contaré cada detalle de mi historia lo mejor que pueda, pero a su debido tiempo.

Aquí se cerró una etapa de mi vida. Durante este periodo aprendí a valerme por mí mismo, me enamoré y disfruté de la vida hasta cierto punto. Se podría decir que desde que gané mi primer euro hasta ese fatídico día, mi objetivo había sido el dinero, mi bienestar económico y poseer cosas materiales. La sociedad en la que nací te enseñaba y te incitaba a ser así.

Mi vida anterior me ha servido para equiparar los diferentes estilos de vida que he conocido hasta hoy y valorar mucho más el increíble entorno en el que ahora me encuentro. Agradezco que el destino me haya brindado esta oportunidad en la que he comprendido que vivir por y para conseguir poder y cosas materiales, ambición que por aquel entonces invadía las mentes de las personas, era verdaderamente nefasto y perjudicaba a la propia persona.

En 2017 y con veintisiete años de edad, sufrí aquel accidente. Por extraño que pueda parecer, mi vida no finalizó ese día. Simplemente, recibí el empuje necesario que me condujo hacia una experiencia casi sobrenatural. Mi cuerpo quedó inerte en el interior de esa gran cantidad de agua congelada y mi corazón dejó de latir. Sin embargo, me gusta pensar que pude ser llevado hasta allí, por algún motivo inexplicable, para ser aprovechado más adelante.

Gozábamos del olor fresco y dulce de las flores, combinadas con el sonido del agua emanando de una grieta de la montaña. Notaba cómo la débil brisa rozaba mi piel. Nuestros cuerpos permanecían envueltos en una frescura y un bienestar verdaderamente insuperable. Unidos de la mano, sentados bajo la sombra de una carrasca, Ariel y yo mirábamos cómo descendía el agua por la roca. De vez en cuando dedicaba un instante para contemplar a Ariel. Estaba más guapa que nunca.

Nuestras manos no dejaban de estar en contacto ni un solo instante. Acaricié su brazo y nuestra piel generó una química especial, creando pequeños cortocircuitos a escala molecular que recorrieron e invadieron, por diminuto que fuera, cada rincón de nuestro cuerpo.

Bandadas de bonitos pájaros multicolores revoloteaban de un lado para otro, dejando su canto en manos del aire para que este lo transportara hacia nuestros oídos. Aunque nos encontrábamos en un lugar paradisiaco, virgen, puro y bello, lo más hermoso del lugar seguía siendo Ariel. Su sonrisa me inundaba de felicidad.

Poco a poco, todavía cogidos de la mano, la brisa nos empezó a elevar de la húmeda hierba en la que estábamos sentados. Primero fueron unos centímetros, muy pronto unos metros y cuando nos quisimos dar cuenta, volábamos rozando las nubes.

Sostenía a Ariel agarrada por la cintura mientras apuntábamos con nuestras miradas hacia el maravilloso paisaje. En él podía observarse el río, la vegetación y un grupo de cervatillos correteando por el verde prado. Nuestro entorno era precioso. Sin duda, aquel lugar estaba repleto de magia.

Una música de violines surgida de la nada comenzó a escucharse a lo lejos. Poco a poco fue acercándose y haciéndose cada vez más clara. La melodía llegó a ser tan penetrante que convenció a nuestros cuerpos para bailar abrazados sobre las nubes. Mientras pisábamos descalzados el blando suelo de las nubes, nuestras ropas se transformaron en otras. Ella pasó a lucir un vestido de seda blanco con volantes y yo una camisa desabrochada y un pantalón, también de seda, y del mismo color. El día se convirtió en noche y las estrellas del firmamento quedaron al descubierto. Mientras, seguíamos bailando al compás de la música celestial de violines, las luces de las estrellas se reflejaban en nuestra ropa.

Un largo y tierno beso despertó al cielo nocturno, provocando relámpagos a nuestro alrededor. No teníamos miedo alguno, pues eran relámpagos inofensivos para nosotros, sabíamos que formaban parte de la fantasía que vivíamos en ese momento.

Permanecimos mirándonos fijamente a los ojos durante un largo rato, unidos por el sentimiento más grande que existía en nosotros: el amor. Desviamos la mirada hacia arriba, porque a pesar de estar sobre las nubes caían gotas de lluvia, empapando nuestros cuerpos y transparentando nuestras blancas vestimentas. Después de deleitarnos con la fresca lluvia durante unos segundos, Ariel y yo nos tumbamos, nos acariciamos el pelo mutuamente y seguimos besándonos. Las nubes envolvían y acariciaban nuestros cuerpos proporcionándonos mayor bienestar, mientras que la luna llena se acercaba considerablemente para dar una mejor iluminación a ese instante tan resplandeciente.

Antes de que pudiera darme cuenta quedé cegado por un fuerte destello que se entrometió sin sentido en mi fantasía, impidiéndome ver nada a mi alrededor. Seguidamente comencé una caída libre, rotando sobre mí mismo y adquiriendo cada vez más velocidad, sin saber lo que estaba sucediendo. Mientras caía buscaba a Ariel a ciegas por mi entorno, imaginando que tal vez ella estaba cayendo conmigo. Surgieron dolores punzantes y profundos en mi interior. Mis extremidades iban adquiriendo cada vez más rigidez, hasta que alcancé un estado de completa inmovilidad. Durante el trágico descenso, mi cuerpo se posicionó de espaldas al suelo.

Había pasado de una situación de placer exaltante a otra completamente distinta, de intenso dolor y agobio incesante. Seguía completamente rígido, cayendo sin remedio a la velocidad que lo haría un gran bloque de hormigón. Mientras tanto, la luz que me había cegado minutos atrás fue desvaneciéndose poco a poco hasta desaparecer por completo. En ese preciso momento, algo frenó mí caída en seco, sin sufrir ninguna contusión. Quedé tumbado de espaldas con mis ojos apagados, sumergido en una profunda oscuridad absoluta.

—¡Rossellini rápido, venga a ver esto! ¡Creo que el paciente número dos está despertando! —dijo una voz cerca de mí.

Nicolás Rossellini dejó lo que estaba haciendo en el otro extremo de la sala y se acercó de inmediato hacía donde seguía acostado y desorientado. Solo pude distinguir la sutil sombra de Rossellini acercándose despacio hacia mí. Enseguida observé que no se encontraba solo ya que junto a él otra sombra humana me observaba. El rostro de Rossellini se situó a escasos centímetros de mí, para transmitirme un mensaje:

—Señor, sabemos que puede oírnos y entendernos. Tenemos su cerebro conectado a un escáner de interfaz neuronal y este nos indica datos positivos respecto a su actividad cerebral. Por tanto, esto quiere decir que su cabeza funciona con normalidad y que se encuentra en casi perfectas condiciones. Despierte poco a poco. Le ruego, por favor, que no intente hablar ya que creemos que no está preparado todavía y podría dañar sus cuerdas vocales. Tampoco intente moverse, tiene muchos cables y tubos conectados al cuerpo —continuó explicándome—. Se encuentra en una unidad especial de cuidados intensivos del *SSEM (Sociedad de Sanidad Experimental de Madrid)*. Usted sufrió un grave accidente y estamos haciendo todo lo posible para recuperarle. Está siendo atendido por el mejor grupo de médicos en relación a su caso. No debe de preocuparse por nada, solo tiene que hacer caso a nuestras indicaciones y esperar.

Durante los siguientes días, la única función que mi organismo era capaz de efectuar, aparte de escuchar y comprender, era la de abrir los ojos, aunque no me servía de gran ayuda a la hora de ubicarme en el lugar. Lo único que percibía eran sombras sin definir. A pesar de ello pronto me familiaricé con la voz de siete de los médicos que me visitaban cada día.

A las tres o cuatro semanas permanecía de igual forma allí tumbado, aunque ya comenzaba a ver mi entorno con algo de nitidez. Dejaron de alimentarme por vía intravenosa y empezaron a suministrarme líquidos. Uno de los facultativos me advirtió que tuviera paciencia, que dada la gravedad de mi accidente pasaría allí bastante tiempo antes de lograr recuperarme por completo.

Los médicos estaban asombrados con mi rápida evolución. En ese momento no entendía nada de lo que hablaban, ni quién era yo, ni qué hacía allí, ni tampoco recordaba lo que me había sucedido. Lo que sí tenía bastante claro era que me encontraba en una situación muy crítica.

Mi vida dependía de una sala llena de máquinas que se encargaban de controlar mis órganos dañados. Tenía electrodos adheridos por todo el cuerpo. Multitud de tubos penetraban por mi piel para ir a parar a algún lugar de mis entrañas. Más de cinco bolsas colgadas de un soporte para goteros suministraban diferentes sueros a mi organismo. Todo esto denotaba claramente el peligro que corría mi vida y el débil estado de mi cuerpo.

Transcurrían las semanas y con ellas mi estado mejoraba notablemente. Cada vez necesitaba menos asistencia artificial, menos cables y tubos. Mi cuerpo salía hacía adelante gracias a la buena labor de aquellos hombres. Mientras tanto, en mi cabeza existían infinitas preguntas a las que tenía la necesidad de encontrar respuesta.

Aquella gente me mantenía aislado del mundo exterior. Por aquel entonces desconocía el mundo de fuera y todo lo que no era el interior de esas cuatro paredes. No tenía ningún recuerdo de cómo eran las cosas previas al accidente, qué era lo normal y lo que no. Simplemente mi cabeza actuaba instintivamente a modo de supervivencia, alertándome subconscientemente cuando surgían cosas nuevas para mí. Aunque yo no tuviera constancia de que así lo fuera, algo dentro de mí se activaba para decírmelo, por ejemplo, cuando ese instinto especial me indicó que la maquinaria del lugar era demasiado sofisticada y avanzada, sin que yo lo percibiera a simple vista.

Los médicos pensaban que hasta que no fuera capaz de hablar y así, poder desenvolverme sociológicamente y psicológicamente, cualquier detalle externo que pudiera recibir de fuera podría desencadenar en un trauma fatal para mí. Por eso, por mi propio bien, me tenían allí bajo su control. Yo no entendía el porqué.

Transcurridos seis meses, tan solo tenía un gotero en mi brazo izquierdo, un tubo por el que hacía mis necesidades, un aparato suspendido en el aire que apuntaba sobre mi pecho, una especie de láser verdoso y una cámara tubular que encerraba mi pierna en su interior. Todas las máquinas que había en aquella habitación eran rarísimas, muy complejas y seguro que bastante caras. Todo lo implicado en mi recuperación habría y estaría acarreando un gasto tremendamente excesivo. Medité sobre el asunto y no pude evitar preguntarme: ¿Quién era yo para haber provocado semejante despliegue? ¿Qué me había ocurrido exactamente?

Un día, al despertarme de una de mis largas siestas, percibí algo extraño en mi garganta. Desde mis adentros surgió un pequeño murmullo involuntario. Enseguida hice lo posible por repetirlo, lográndolo. Volví a hacerlo una y otra vez hasta que aprendí a alargarlo durante unos segundos. Jugué varias horas con mis cuerdas vocales, haciéndolas vibrar y calentando mi voz. Esto provocó que pronto lograra pronunciar sílabas y seguidamente, al igual que un niño pequeño, mis primeras palabras.

Aquí recobró parte del sentido mi vida. Me propuse aprender a hablar con claridad ya que por el momento mis palabras apenas se entendían. Tras unos días de entrenamiento y con la ayuda de un especialista pude expresarme y comunicarme por primera vez en esta segunda oportunidad que me había brindado la vida.

En los siguientes días solo podía entablar conversaciones cortas ya que mi voz se cansaba muy pronto y se veía resentida. Este pequeño avance me ayudó a desahogarme y a mostrar abiertamente mis sentimientos a los médicos que me supervisaban las veinticuatro horas del día. A pesar de haber empezado hablar, mi estado físico seguía siendo preocupante; permanecía rígido sin poder moverme. Ahora recuerdo todo aquello y la verdad es que viví un auténtico infierno.

No obstante, mi cuerpo iba recuperándose a gran velocidad, cosa que asombró a los médicos.

Cada evolución positiva, cada una de mis mejoras provocaba en ellos gran felicidad y alegría. Cada progreso lo festejaban, se abrazaban y se daban la enhorabuena unos a otros como si mi recuperación fuera un premio alcanzado para ellos. De nuevo me dio por pensar: ¿Por qué nadie me había dicho ni siquiera mi nombre? ¿Sería todo esto un gran proyecto experimental y era yo un conejillo de indias? En aquel momento recordé las primeras palabras que me dedicó Rossellini nada más despertar de mi sueño: *«Se encuentra en una unidad especial de cuidados intensivos del SSEM (Sociedad de Sanidad Experimental de Madrid). Usted sufrió un grave accidente y estamos haciendo todo lo posible para recuperarle».*

No estaba seguro de lo que sucedía, así que dejé correr el tiempo, tampoco contaba con más opciones.

NICOLÁS ROSSELLINI

Nicolás Rossellini era el doctor encargado de mi recuperación. Tenía a su mando un equipo de diecisiete doctores altamente cualificados que, por turnos, lo acompañaban diariamente a todas las labores relacionadas conmigo.

Por lo visto, Rossellini había sido un excelente estudiante. Tenía un coeficiente intelectual que se sobresalía de la media de sus compañeros de estudios. Cuando terminó el instituto, su gran intelecto hizo que recibiera una beca importantísima para poder seguir su carrera en la prestigiosa Universidad de New Cambridge. En aquella época era la universidad más evolucionada del mundo en todo lo relacionado con el cuerpo humano y la medicina. Allí se graduó en medicina molecular y realizó un estudio personal sobre cómo solidificar órganos humanos complejos sin dañar sus estructuras internas, para más tarde recuperarlos para que desempeñaran sus funciones vitales. Al terminar su investigación personal sobre el tema, hizo una tesis y la presentó ante el comité internacional de ciencia médica avanzada, que se inauguraba ese mismo año en Múnich. De esa forma, Nicolás Rossellini, un joven de padre italiano y madre española, acabó triunfando en el campo de la medicina molecular y se ganó el respeto de todos los médicos y científicos del mundo.

Cada semana, Rossellini empleaba alrededor de tres horas en una metódica revisión de mi cuerpo. En dichos procesos rutinarios observaba mis progresos y mejorías, aunque no siempre salía todo perfecto. Algunas partes de mi cuerpo empeoraban su estado con el transcurso del tiempo. Cuando esto ocurría, la preocupación me invadía.

Había transcurrido un año desde mi despertar y seguía aislado en la habitación de aquel horrible hospital. Seguía careciendo de información sobre mí y sobre el exterior. Mi estado había mejorado notablemente y ya empezaba a encontrarme bastante bien físicamente. Recuperé algunos kilos, ya casi me acercaba a mi peso corporal idóneo. Los doctores habían desconectado todas las máquinas que lograron mi recuperación y ya podía seguir reponiéndome de forma independiente. La cámara que había encerrado mi pierna durante todo ese año cumplió perfectamente su acometido y la retiraron. Tan pronto como pude tenerme en pie y dar los primeros pasos, probé mi energía y resistencia sobre una cinta de correr que me facilitaron los médicos.

Tres partes de mí eran las que empeoraban con el paso del tiempo. Por mi ojo izquierdo no veía nada, parecía estar quemado y tenía un aspecto putrefacto, ennegrecido y reseco. Mi brazo derecho permanecía completamente inmóvil y hacía días que había empezado a coagularse la sangre en su interior. El tercer factor y el más importante, que no había reaccionado desde mi despertar, era la memoria. Menos mal que en ningún momento me abandonó el instinto de supervivencia y de la lógica, si no la situación me habría superado.

Cierto día me sorprendió la visita de Rossellini a una hora fuera de lo común. Me encontraba tumbado en la cama cuando lo escuché solicitarme permiso para entrar. Rápidamente me incorporé para atenderle y me senté al pie de la cama. Rossellini se presentó con una sonrisa de oreja a oreja y tras saludarme, estas fueron sus palabras:

—Enhorabuena por superar este proceso tan largo y costoso, ya estamos casi al final del camino. Solo tenemos pendientes los últimos pasos para lograr tu completa recuperación. Lo primero que vamos hacer es amputarte ese agonizante brazo y lo suplantaremos por uno estándar de tipo B, movible al noventa por ciento. Este prototipo realiza los movimientos que ordena el cerebro. Las acciones son generadas mediante impulsos cerebrales, que son recogidos en una base de datos que posee la nueva extremidad y los convierte en el movimiento deseado en escasas millonésimas de segundo. Es decir, reacciona mucho más rápido que el de cualquier ser humano y lo controlarás con más precisión que si fuera el tuyo propio. El brazo se instalará en dos sesiones, siendo la primera la más duradera y costosa, ya que será en la que le realizaremos la amputación e instalación del nuevo prototipo. La carcasa o recubrimiento del nuevo brazo es de un material idéntico a la carne y la piel humana, la incorporaremos en la segunda sesión, ya concertaremos la cita más adelante.

»Lo segundo que tenemos que hacer es extirparte el ojo izquierdo y cambiarlo por uno de *cristalatio* que se moverá a la vez que el derecho. Esto será una intervención muy sencilla que la llevaremos a cabo simplemente para intentar que conserves un rostro normal.

»Una vez realizados estos dos procesos, se hará lo más esperado para ti y para mi equipo. Ha llegado hoy a nuestras instalaciones una máquina única en el mundo de última generación creada precisamente para casos como el tuyo. Los operarios a cargo de la máquina tardarán unos días en instalarla en la planta baja del edificio, ya que sus dimensiones dificultan su puesta a punto en cualquier otro lugar. Esta máquina está diseñada para devolverte casi toda tu memoria. Solo se ha probado una vez, con un paciente anterior que padeció un accidente parecido al tuyo, aunque no funcionó. Sin embargo, tenemos muy buenas expectativas que nos hacen pensar de forma positiva, creemos que esta vez funcionará. Al culminar esta prueba conseguiremos encumbrar un proyecto en el que casi todos hemos volcado todo nuestro empeño en la vida.

Ante la sorpresa que mostraba mi expresión, Rossellini decidió ir terminando sus explicaciones.

—Para terminar, quiero que sepas que no puedo contarte ahora grandes detalles de tu vida anterior, una de las razones, porque las desconozco. Pero en cambio, sí que sé pequeños detalles de tu vida que te pueden ayudar a recordar más fácilmente una vez estés dentro de la máquina. No los compartiré contigo ahora, para prevenir que puedas sufrir algún trastorno psicológico. Este es el motivo por el que has estado apartado y aislado del mundo exterior durante todo este tiempo. Seguramente tendrás que asimilar muchas cosas y queremos que lo hagas de la mejor manera posible. Segundos antes de que te introduzcas en la máquina te desvelaré información y detalles de tu pasado. Ahora lo que tienes que hacer es descansar, estar tranquilo y relajarte; te esperan unos días duros. Te deseo mucha suerte y que pases un buen día —concluyó mientras apoyaba su mano sobre mi hombro mostrando compasión hacia mí.

Rossellini salió de la habitación dejándome confuso y sin entender nada. Sentía miedo por lo que podría acarrear el hecho de descubrir quién era yo y por qué estaba allí.

Al día siguiente desperté en la misma cama de siempre, la cual hoy no me gustaría volver a ver. En una mesa de la habitación encontré una nota que los doctores claramente habían colocado para que yo viera. En ella ponía que esa misma tarde iba a ser ingresado en el quirófano del *SSEM.* para ser intervenido de mi ojo izquierdo y mi brazo derecho. Entre otras cosas, en el escrito me indicaban algunas medidas higiénicas que tenía que adoptar antes de las seis de esa misma tarde con el fin de tratar de evitar infecciones. Necesitaba con urgencia ser intervenido. Mi brazo tenía muy mal aspecto y amenazaba con gangrenarse.

Durante la espera pensé en muchas cosas. No tenía muy claro que fuese una buena idea descubrir mi identidad. Era consciente de que podría acarrearme problemas, desilusión e incluso podría recordar algún trauma o malas experiencias que hubiera vivido en mi pasado. Aunque era consciente de todo ello, me armé de valor porque estaba dispuesto a salir de aquella pesadilla que me atrapaba.

Cuando el reloj holograma de mi habitación marcó las seis en punto, Rossellini se presentó junto a cuatro doctores para acompañarme al quirófano. Desde mi despertar nunca antes había salido de entre aquellas cuatro paredes. En cuanto salí de allí, respiré con alivio. Mi pequeño mundo pasó a ser otro, en cierto modo más amplio.

Los seis caminamos por el pasillo que lo recuerdo bastante largo. Durante el trayecto, una luz nos acompañaba, quedando el resto del pasillo con una iluminación más tenue. Traté de ver de dónde surgía aquella luz que parecía seguirnos, pero no provenía de ningún lado, el pasillo aparentaba estar dotado de muy alta tecnología. Llegamos hasta una puerta de un material indescriptible. Nunca había visto nada así, era similar a madera de haya, pero era translúcida. Esta desapareció a nuestro paso y nos adentramos en un amplio ascensor. Una vez dentro, la puerta volvió a surgir de la nada. Rossellini le indicó por voz al ascensor que queríamos subir hasta la planta número quince. Mientras ascendíamos él siguió conversando con la máquina. Le dijo que al llegar arriba tuviera cosas preparadas, cosas que yo no podía entender. Supuse que serían datos, procesos, utensilios, personal, etc. En ese momento comprendí sin dejar lugar a duda que, para realizar esto, el edificio entero debía estar dotado de avanzadísima tecnología, quizás un cerebro central inteligente que pudiera coordinar todos estos procesos y movimientos. Entre todo lo que reclamó al sofisticado ascensor me sorprendió la petición de un androide *Q2h33*. Al llegar la puerta desapareció de nuevo y salimos del elevador. Nos encontramos frente a un pasillo idéntico del que veníamos. Al salir de él, una especie de robot que flotaba en el aire del tamaño de una cabeza humana nos estaba esperando. Tenía forma de huevo achatado y poseía múltiples aparatos minúsculos, dispositivos y luces.

Caminamos hasta el final del pasillo acompañados por aquel robot volador que, en aquel momento, mi subconsciente catalogó como de otra época, me pareció una máquina futurista. Curioso dato el que me transmitió mi instinto ya que desconocía por completo el mundo en el que me encontraba, qué era normal en él, cualquier avance científico existente, etc. Por lo tanto no era lógico que distinguiera algo sofisticado y moderno de algo que no lo era.

Mientras nos desplazábamos, el androide me realizó una especie de escaneo corporal desde varios ángulos diferentes. Al mismo tiempo, durante nuestra marcha, el robot comunicó a los doctores los datos adquiridos del examen que me efectuó. Nuestro trayecto finalizó en otra puerta, en la que en unos luminosos suspendidos en el aire se leía «*QUIRÓFANO DEL SSEM*».

La puerta desapareció, se volatilizó, igual que unos minutos antes hizo la del ascensor. Una vez la traspasamos apareció de nuevo a nuestras espaldas. Desde que salí de la habitación no hacía nada más que impresionarme una y otra vez con mi entorno. Mi cerebro clasificaba todo aquello como insólito y diferente. Pero ¿respecto a qué? ¿A lo que yo conocía y no podía recordar? Por aquel entonces no podía asegurar nada, pero de alguna forma me había dado cuenta de que el edificio era demasiado sofisticado y que no encajaba conmigo.

Todo estaba preparado para las intervenciones que me iban a realizar. Los artilugios metálicos se encontraban ordenados y numerados, listos para el trabajo. Observé a los doctores cómo se ponían los gorros y las cofias mientras uno de ellos me indicaba cómo tenía que tumbarme en la camilla. Transcurrieron cinco minutos aproximadamente antes de que la camilla empezara a elevarse, facilitando así el trabajo a los doctores. Estos se situaron a mi alrededor. Ser consciente que estaba en manos de uno de los mejores grupos médicos del mundo me tranquilizó bastante.

A los escasos segundos de que uno de ellos me inyectara la anestesia, empecé a notar sus efectos. Pesadez, sueño, cansancio y bienestar se apoderaron de mí y me adentré en un profundo sueño.

Catorce horas después, mis sentidos comenzaron a reaccionar. Poco a poco desperté del sueño en el que me sumergí durante la operación. Cuando los efectos anestésicos desaparecieron casi en su totalidad, los doctores me enseñaron mi nuevo brazo, que ya había sido trasplantado. Me aconsejaron no moverlo, mejor dicho, me prohibieron hacerlo por el momento por motivos de seguridad. Al no estar recubierto por nada observé que su estructura ósea era idéntica a la de un brazo humano. En su perfecto diseño podía apreciarse cómo los cables de acero simulaban los tendones.

Justo antes de que despertara, los doctores habían amarrado mi nuevo brazo con unas cintas a la cama, para evitar que lo moviera. Realmente me impresionó la imagen de mi nueva extremidad.

También me dijeron que había sido un éxito la operación de mi ojo. Se habían llevado a cabo ambas operaciones a la vez. Muy suavemente me llevé la mano izquierda a la cara con la intención de palpar y noté que tenía la mitad de la cara protegida con gasas.

Permanecí en aquella cama bastantes días hasta que se cerraron casi por completo las profundas cicatrices del implante. En cuanto mejoraron soltaron mi brazo de las cintas. Muy poco a poco y con la ayuda de Rossellini comencé a darle movilidad. Mi cerebro daba órdenes y mi extremidad las ejecutaba a la perfección. Era capaz de realizar movimientos milimétricos, precisos, y hasta calcular con exactitud la fuerza empleada en cada uno de ellos. Mi nuevo brazo funcionaba mejor que el anterior.

Durante unos instantes, mi subconsciente o el sentido de supervivencia me volvió a alertar. Es algo que me cuesta explicaros, pero de alguna forma me avisaba de que muchas cosas de las que últimamente estaba viendo eran demasiado modernas y que casi todo aquello no existía en mis recuerdos olvidados. Aunque seguía sin recordar nada de mi pasado, parecía que mi cerebro seguía funcionando interiormente sin compartir conmigo sus secretos y me estaba dando pistas de lo que no era habitual en mi vida anterior. Mi cabeza no podía parar de dar vueltas al asunto y se formulaba las siguientes preguntas: ¿Cómo podía haber avanzado tanto la tecnología en ese corto espacio de tiempo? ¿Cómo podían existir tan sofisticados aparatos a mí alrededor? ¿Llevaba poco más de un año en ese centro médico como indicaban las fechas de mi despertar? ¿O quizás había estado mucho más tiempo bajo un estado de coma o inconsciencia? Si fuera así, ¿podía haberle dado tiempo a la ciencia y la tecnología a evolucionar tanto como para desmarcarse tan bruscamente de los recuerdos de mi subconsciente? Reconocía que la idea era prácticamente imposible. Dicho cambio no podía haberse efectuado en tan solo cinco, diez o quince años, sino que hubiera necesitado por lo menos un número de años compuesto de tres cifras. Era imposible que hubiera estado en coma durante un periodo de tiempo tan largo. Por aquellos días desconocía mi edad, pero si mis apariencias no me engañaban, debía rondar los treinta.

Empecé a asimilar que algo misterioso tenía que envolverlo todo. Entre muchas cosas que imaginé y contemplé para darle una posible repuesta a todo aquello, prevaleció una.

—¿En qué año estamos, cuánto tiempo llevo aquí? —pregunté a Rossellini.

—Tranquilo, trata de calmarte, estás confundido. Venga, relájate.

—¡Tienen que decirme algo, no puedo seguir así! —Un estado nervioso que pasó a ser agresivo se apoderó de mí. La situación me superó.

—¡O te relajas y te calmas, o tendré que hacer algo que no quiero! —me advirtió.

Me levanté de la cama de manera desafiante y justo cuando inicié con mi nueva extremidad un movimiento brusco, sentí un fuerte pinchazo en el cuello. Uno de los ayudantes de Rossellini me había suministrado un tranquilizante. A los pocos segundos perdí el sentido y caí sobre la cama.

A las dos horas me levante mucho más calmado. Lo primero que hice fue pedir perdón a los doctores que, por cierto, seguían observándome cautos por si repetía el anterior episodio. Ellos aceptaron mis disculpas. Comprendí que aquellos médicos eran mi único apoyo y la única forma de alcanzar mi completa recuperación. A continuación, en un espejo me mostraron mi nuevo ojo. Aunque antes se aseguraron de que estuviera preparado para verlo. Si no lo hubiera estado, estoy seguro de que hubieran retrasado su destape hasta el momento adecuado. Tras retirarme las gasas de la cara se reflejó en el espejo una imagen un tanto exótica. Una mirada penetrante y un ojo precioso resaltaban en mi cara. Los dos grandes cambios que me atribuyeron en ese par operaciones me dieron una nueva imagen que a día de hoy prevalece.

Mi cabeza meditaba sin parar sobre mi situación, pero fui consciente de que mi única opción era aceptarla y seguir para delante.

Pasaron dos días más antes de que Rossellini me avisara de que la fecha de la prueba final estaba próxima. Antes de la gran cita que tenía con aquella máquina, cuya finalidad era intentar devolverme la memoria, tuve que firmar gran cantidad de documentos. En todos ellos aparecía impreso el logo del *SSEM.* Todos esos contratos llevaban una idea muy clara y concisa: no podía abandonar ni salir de las instalaciones del *SSEM.* bajo ningún concepto hasta que Rossellini redactara una contraorden. Al firmar esas cláusulas, me ofrecía para un proceso experimental que jamás se había realizado antes y asumía todas las responsabilidades. En ellas también constaba que desde el mismo instante que firmara la última hoja pasaría a ser propiedad de *SSEM.* hasta que los responsables de dicha corporación lo estimaran oportuno. Que no podría actuar nunca bajo mis propias decisiones sin consultarlo antes con Rossellini ya que él sería el encargado de conceder o desestimar mis peticiones.

En resumen, la idea principal que encerraban esos convenios era que regalaría mi vida a esos hombres. Por primera vez me di cuenta de que todo lo que habían realizado esos doctores por mí, lo habían hecho por su propio interés. Mi persona nunca les había importado, solo su gran proyecto.

Mientras firmaba aquellos papeles seguía preguntándome una y otra vez qué era lo que me podía haber ocurrido para perder la memoria por completo y haber necesitado tratamientos tan especiales. Imaginé un accidente en algún medio de transporte o una gran caída. No imagináis lo que hubiera dado por recordar en ese instante el detalle más insignificante de mi vida anterior.

Aunque sentía miedo, cada día y cada minuto que pasaba sentía más curiosidad. La necesidad de saber quién era yo, aumentaba con el transcurso del tiempo. Necesitaba ir en busca de respuestas. Así que firmé todos esos contratos, acepté todas esas condiciones y me ofrecí sin reservas para aquel proyecto.

LA MÁQUINA

Caminamos en dirección a la sala donde habían preparado la máquina. Anduvimos por diferentes pasillos hasta llegar a otro sofisticado ascensor. Lo utilizamos y nos llevó a la planta baja. Nada más salir, un androide *Q2h33* nos recibió para acompañarnos.

Durante el trayecto no dejé de observar mi nuevo brazo, aún no podía creer que formara parte de mí. Sin embargo, dejé de hacerlo al entrar al nuevo nivel del edificio. En él trabajaban cientos de operarios. La gran mayoría se movía por la planta rápidamente mientras manejaban gráficos de luz suspendidos en el aire. Esa escena me hizo pensar que, sin duda, era verdaderamente importante lo que allí se hacía.

Llegamos a nuestro destino tras pasar entre varias columnas que ocupaban toda la planta. El *Q2h33* se aproximó al sensor que abría las puertas de la sala. Enfocó un dispositivo hacia el lector y el material de la puerta desapareció para dejarnos entrar.

Era una sala enorme y muy luminosa gracias a varios tabiques traslúcidos. Llevaba mucho tiempo sin ver la luz natural, así que agradecí los rayos de luz que penetraban por esas paredes. Aquel sitio mostraba limpieza y pureza.

El lugar debía estar insonorizado ya que no se oía el barullo provocado por los operarios de afuera. La máquina había sido instalada en el centro de la sala. Su aspecto era similar al de un ataúd. Se diferenciaba de estos por ser blanco en vez de oscuro y por ser más espacioso. Tal vez su espacio interior hubiera sido suficiente para albergar dos cuerpos. En cambio, solo estaba diseñada para uno. Junto a la máquina, una unidad central de procesamiento con forma de torre permanecía conectada a ella.

Una veintena de especialistas nos esperaban para iniciar el proceso. Rossellini hizo que lo acompañara a una mesa de oficina situada a cierta distancia de la máquina. Cuando llegamos hasta ella, unos gráficos luminosos aparecieron en el aire. Mientras aumentaba la actividad de los operarios preparándose para la prueba, Rossellini me ofreció asiento junto a él. Quería entablar conmigo la última conversación antes de mi entrada en la máquina.

Me preguntó cómo me encontraba anímicamente para afrontar el reto. Al responder rápidamente que estaba un poco nervioso me avisó que esa sensación era normal dadas las circunstancias pero que tenía que evitar estarlo. Para ello me recordó que podía utilizar las técnicas de relajación que me habían enseñado.

A continuación, recibí el mensaje más esperanzador durante mi estancia en el *SSEM*:

—En pocos minutos vas a ser introducido en la máquina y vamos a ponerla en funcionamiento. El propósito principal de este proyecto es devolverte casi todos tus recuerdos y estudiar tu mente tras la prueba durante, aproximadamente, unos meses. Si pasado este tiempo y logrado nuestro objetivo sigues necesitando ayuda, te la proporcionaremos sin inconveniente alguno. Pero si por el contrario, deseas marchar en busca de otras cosas y desentenderte de nosotros, se te abonará una gran cantidad de dinero para facilitarte la vida y tu reincorporación a la sociedad. Este es el momento idóneo para compartir contigo la escasa información que recibí sobre tu persona y tu anterior vida.

Aquí recuerdo que, apoyando su mano sobre mi hombro como tenía por costumbre, me preguntó si estaba preparado para escuchar sus revelaciones sobre mi pasado. Estaba decidido a enfrentarme a lo que me sobreviniera, así que le respondí con el sí más claro y enérgico que jamás he pronunciado. Estos fueron los datos que me proporcionó con la intención de facilitarle el trabajo a la máquina:

—Escucha con atención, encontramos una tarjeta identificativa entre tus pertenencias. Te llamas Álex Esteban Garrido y parece ser que desempeñabas funciones de seguridad privada o, por lo menos, eso da a entender la tarjeta profesional que portabas. Sufriste un accidente laboral, lo sabemos por las investigaciones que hemos realizado en el lugar donde te encontramos. Tienes veintiocho años y por ahora no puedo contarte más. Si al salir de la máquina recuerdas tu vida pasada o parte de ella, trata de no alarmarte y tómate el asunto con calma porque te harás muchas preguntas. Te proporcionaremos un psicólogo personal altamente cualificado, capaz de ayudarte a afrontar la realidad y todos nosotros seguiremos a tu disposición como hasta el día de hoy. ¿Recuerdas algo de tu pasado después de haber compartido contigo estos datos?

A pesar de estas revelaciones, seguía sin recordar nada y se lo hice saber. No me impresionaron en absoluto aquellas pistas. Además, nada de lo que me había contado me resultaba cercano. El adjetivo «vacío» era la mejor palabra para definir el estado en el que se seguía encontrando mi memoria.

Rossellini me invitó a levantarme y me acompañó hacia la máquina. En esos instantes tuve la atención total del grupo de doctores. Seguro que esperaban que transcurridos unos minutos su gran experimento fuera un completo éxito. Como me había explicado Rossellini anteriormente, la mayoría de los allí presentes habían dedicado gran parte de su vida a aquel proyecto. La tensión de las miradas y el continuo bisbiseo del grupo desvelaban la importancia del momento. Mis nervios estaban comenzando a aflorar, me propuse cumplir todas las órdenes que me empezaron a dar aquellos profesionales.

Entre dos operarios me desvistieron y en su lugar me colocaron una especie de bata de manga corta de un extraño material, similar al látex. La vestimenta se ajustó sola cuando tomó contacto con mi cuerpo. La abertura que poseía en la parte delantera desapareció, ambos extremos de la bata se adhirieron haciendo que la unión del material fuera inapreciable para el ojo humano. Se convirtió en una especie de camisón de una goma fina y flexible. Vuelvo a hacer hincapié en que el material de aquella prenda era raro y complicado de describir.

Los mismos facultativos que anteriormente me desvistieron, me ayudaron a tumbarme boca arriba en el interior de la máquina. La tapa permaneció abierta durante unos instantes. Mi cuerpo descansaba sobre una red de finos cables entrelazados entre sí que constituían un blando y cómodo tejido.

Uno de los responsables dio la orden al mismo tiempo que tocó una luz que flotaba junto a la *CPU* de la máquina. La desnuda piel de mis piernas y brazos notó cómo se activaba la red en la que descansaba mi cuerpo. Mis extremidades percibieron pequeñas descargas eléctricas que cargaron mi cuerpo de electricidad estática. Por lo visto, la vestimenta que me habían puesto estaba preparada para actuar con esta pequeña cantidad de electricidad, ya que se unió fuertemente al fino tejido de cables en el que se apoyaba mi cuerpo. Rossellini se acercó, me miró y, tras desearme buena suerte, cerró la tapa de la máquina.

Recuerdo que desde el interior escuché a Rossellini dar órdenes a uno de sus ayudantes y también cómo este contestaba *«¡hecho!»* cuando ejecutaba cada uno de estos mandatos:

—Inicia el proceso de transmisión a doscientos *tricomas*.

—¡Hecho!

Un zumbido inundó mi habitáculo provocando una pequeña vibración en él. Una especie de disco descendió hasta situarse a escasos centímetros de mi cara. Era del tamaño de un plato sopero y parecía que en su interior poseía una luz verdosa. Pronto, mi entorno se vio iluminado por ese color verde fosforito. A continuación, surgió otro zumbido que se prolongó en el tiempo. Este fue molesto para mis oídos. El disco, que se encontraba muy cerca de mi rostro, comenzó a girar. Primero lo hizo lentamente y a continuación alcanzó una mayor velocidad.

—Potencia a doscientos cincuenta *tricomas*.

—¡Hecho! —Volví a escuchar del exterior.

El disco aumentó de nuevo su velocidad provocándome un leve mareo, el cual no impidió que pudiera oír cómo fuera continuaban con su labor:

—Interactividad cerebral procesada. Suba la potencia a trescientos *tricomas* y active el secuenciador memorial.

—¡Hecho!

El disco adquirió tal velocidad que una ilusión óptica se apoderó de mí, haciéndome ver destellos por doquier. Líneas de luz y otras anomalías indescriptibles se cruzaron por el interior de la máquina. Volví la mirada hacia el disco. Giraba a tanta velocidad que parecía que se frenaba y empezaba a girar en sentido contrario. Pero eso también formaba parte de la ilusión óptica. Creo que en ese preciso instante perdí la consciencia y fui impulsado hacia el sueño de mi existencia anterior, el sueño de mi primera vida.

Al principio, una ofuscación se adueñó de mis pensamientos que parecían flotar en medio de la nada, de la nada más oscura que podáis imaginar. Comencé a escuchar voces, me resultaban cercanas y conocidas, como ligadas a mi persona. Las reconocí, eran conversaciones de mi pasado. Estos diálogos que se acababan de recrear frente a mí me hicieron recordar pequeños detalles de mi vida. Sin embargo, su contenido seguía siendo pobre y por el momento no me sirvieron de mucho.

Cada conversación duraba escasos segundos, se cortaba y empezaba otra distinta que no tenía nada que ver con la anterior. Algunas veces las voces se repetían y otras no. Aquellas conversaciones, claramente, eran mis propias vivencias pasadas. En ese momento, desde mi inconsciencia y la profundidad de ese delirio, entendí de alguna forma que la máquina funcionaba. Gracias a algunos de estos diálogos deduje varias cosas de mi pasado, pero todas ellas sin importancia. Hasta que, de repente, en mi cerebro apareció la voz de alguien especial que silenció todas las demás. La reconocí a la primera, era Ariel. Debió de quererme mucho, por lo menos eso dio a entender el tono de voz que había usado en varios de esos diálogos. Todavía no era capaz de ponerle rostro ni aspecto, pero todo cambió radicalmente cuando la máquina emitió una conversación en la que Ariel me dijo: «Te quiero».

Justo en aquel instante recuerdo un parón en las conversaciones. Tras unos segundos de oscuridad y silencio absoluto, escuché la voz de uno de los doctores y, a continuación, el festejo del grupo de operarios:

—¡Última fase completada, lo hemos conseguido! ¡Enhorabuena a todos, lo hemos logrado!

Tras oír esta frase y el comienzo de aplausos de los médicos, mis sentidos se volvieron a desconectar del mundo exterior. En cambio, mi cerebro pareció activarse recordando la gran mayoría de las cosas. Me sumergí cronológicamente en casi todas mis antiguas vivencias. Mi cerebro había conectado con mi vida perdida y me la explicó paso a paso. Todo mi pasado comenzó a reproducirse rápidamente ante mis ojos, desfilando por mi memoria como si mi cabeza hubiera tenido un proyector de cine en su interior. En primer lugar recordé a mis padres, la vida junto a ellos, las alegrías y las penas que compartimos durante mi niñez. También la época en la que tuve que abandonar el hogar familiar para trabajar con Manuel en su casa. Recordé mi oficio, mis nuevos amigos, mis costumbres, mis aficiones y el estilo de vida que llevaba una vez me independicé de mi familia. Más adelante recordé a Ariel y todo lo vivido junto a ella. Mis pulsaciones aumentaron en esta fase de mi sueño. A continuación se mostró ante mí el episodio en el que la conocí y en el que juntos experimentamos aprendiendo de la vida mientras nos queríamos con locura.

Todo lo que recuperaba mi memoria lo hacía intensamente y mediante pequeños detalles. Aunque la información pasaba muy rápido por mi cabeza, parecía que vivía de nuevo cada una de aquellas experiencias. Complicado de explicar.

Llegó el capítulo de mi vida en el cual me despedí de Ariel para marchar de misión a Cauterets. Todo se reproducía idénticamente a la versión original sucedida tiempo atrás. Disminuyó considerablemente la velocidad en la que se me mostraban aquellas secuencias ya vividas, así que deduje que algo importante estaba a punto de suceder.

Después de unos minutos pasando por mi cabeza esa asombrosa adaptación, me encontré en la *zona de pruebas de Frigoma*, vi la demostración que ordenó Manuel de su proyecto secreto al encargado del área, que consistía en congelar enormes tanques de agua en escasos segundos.

Desde el interior de la máquina pude prever que algo malo estaba a punto de pasar y, efectivamente, comenzó el terremoto. Lo recordé muy lentamente, tan lento que parecía estar capacitado para apartarme de la trayectoria de la carretilla elevadora y así cambiar mi fatídico destino. Pero no pude, solo era una recreación de mi cerebro en la que estaba limitado a presenciarlo todo como mero espectador.

La carretilla embistió mis espaldas y caí al gran foso de agua. Mi corazón estaba tan acelerado que parecía salírseme del pecho. En escasos segundos quedé congelado entre aquella gran masa de hielo. Permanecí sumergido en la nada más profunda y silenciosa hasta mi posterior despertar.

Había sido una secuencia idéntica a lo que viví. Más tarde la máquina siguió proporcionándome recuerdos, pero estos ya eran relativamente recientes, relacionados con mi estancia en el *SSEM*. Los operarios de la máquina debieron saber en qué fase se encontraba mi sueño ya que desconectaron la máquina. No tenía sentido seguir manteniéndome en ese estado.

LA HUIDA

Aunque el proceso de la máquina había sido un éxito, muchas de mis anteriores vivencias fueron irrecuperables. Ahora queda claro cuando al principio dije que algunas cosas de mi primera vida no las recordaba y también el por qué no he podido concretarlas. Hasta aquí he intentado relatar mi historia biográfica de la mejor forma posible. Para ayudaros a recrear mi historia me ha parecido idóneo incluir pequeños detalles en ella hasta el final.

Cuando me sacaron de la máquina pude ver la desbordante alegría que había en aquella sala: los doctores estaban abrazándose unos con otros sin parar. Tras hacer retroceder unos pasos a todos sus hombres, Rossellini se acercó. Lo primero que hizo fue darme la enhorabuena por haber recuperado la memoria y me preguntó cómo me encontraba. En lugar de responderle, le pregunté dónde estaba Ariel y le exigí que me lo dijera. Tan grande era mi necesidad por saber de ella que el firme silencio que mantuvo Rossellini tras mi demanda, hizo que me descontrolara.

Mi obsesión por obtener respuestas era tal, que nadie pudo apaciguarme. Empecé a formular preguntas sobre Ariel y sobre cuánto tiempo había estado congelado. Desde mi despertar, todo lo que habían percibido mis sentidos en el *SSEM.* me había desconcertado. Todo mi entorno me hizo pensar que quizás había permanecido atrapado en el hielo más tiempo del que podía intuir. Seguí preguntando a los doctores sobre esto, pero por mucho que lo hacía, nadie me contestaba. Mis nervios aumentaron haciendo que perdiera totalmente la capacidad de controlar mis actos. Me puse en pie junto a la máquina, la adrenalina se había disparado por mi cuerpo y no aguantaba más sentado en ella. Mi nerviosismo desconcertó tanto al grupo, que parecía que habían olvidado el reciente triunfo de la prueba. Uno de los doctores activó un *Q2h33* y le ordenó que me escaneara. Cuando el robot proporcionó los datos adquiridos en su tarea, el médico indicó a sus compañeros que me calmaran como fuera o, de lo contrario, sufriría un ataque cardíaco. Aunque entre todos lo intentaron de diferentes maneras, no lograron tranquilizarme. No recibía respuestas a mis preguntas y eso me provocaba mayor ansiedad.

Me encontraba cada vez en un espacio más reducido y eso me excitaba más de lo que ya estaba. Realicé un par de movimientos con mi brazo metálico con la intención de alejar a Rossellini y a sus hombres que trataban de rodearme. A continuación, uno de los operarios creyó pillarme desprevenido y se abalanzó sobre mí. Le asesté con mi brazo un violento golpe metálico y me lo quité de encima. Tras esto, y debido a la sobrecarga de nervios y a la tensión que me invadían, me desmayé. Gracias a que fue un simple desmayo y no una parada cardiaca como la que había previsto el *Q2h33*, puedo contaros ahora esta historia.

Mi pesadilla continuó cuando desperté sobre la cama de la misma habitación en la que había estado durante mi recuperación. Seguía vestido con la extraña bata con la que entré en la máquina. Los doctores me debieron trasladar hasta mi habitación mientras estuve sin conocimiento. Lo curioso era que, después de mi desesperante comportamiento, desperté solo, sin nadie que me vigilara y sin ninguna medida de seguridad aparente.

Al levantarme de la cama, la iluminación perdió fuerza quedando la habitación en semioscuridad, y un panel luminoso apareció levitando frente a mí. En él apareció el rostro de Rossellini, preparado para hablarme. Era evidente que todo estaba programado para iniciarse en el momento en que me pusiera en pie. Entendí por qué no había nadie pendiente de mí. ¿Por qué iba alguien a vigilarme si la tecnología del lugar ya me tenía controlado?

Este fue el mensaje del doctor Rossellini:

—Álex, voy a informarte de algunas cosas y advertirte de otras. Dado tu comportamiento de ayer, me veo obligado a facilitarte una información que tenía reservada para dártela más adelante. Tuviste un accidente en el cual quedaste atrapado y congelado en ese tanque de agua, tal y como recordaste en la máquina. Caíste al interior a causa del terremoto más grande que se conoce. Esta gran catástrofe no solo afectó a la zona de Cauterets, sino que azotó a la vez a casi todo el sur de Europa, fue algo nunca visto hasta la fecha. El fortísimo seísmo superó los niveles que se conocían de la escala de Richter. Su poder devastador fue incalculable. Acabó con la vida de varios miles de millones de personas y arrasó casi todas las ciudades y pueblos. La peor parte nos la llevamos los españoles, franceses y alemanes. El norte de España y toda Francia quedaron en ruinas.

»Pasados varios años, las zonas menos afectadas de la mitad sur de España lograron recobrar la normalidad. Por suerte, Madrid, donde ahora mismo nos encontramos, fue donde el terremoto no descargó toda su furia y pudimos recuperarnos antes que muchos otros lugares. Pero el problema no acabó aquí. Los reactores de las centrales nucleares del sur de Europa se vieron dañados por el terremoto. Unos más que otros, pero provocó que todos, en mayor o menor medida, liberaran radiación al aire. La gente que vivía en un radio de cien kilómetros de una central nuclear falleció a las pocas semanas y gente de todo el mundo empezó a padecer raras enfermedades, el mundo entero pareció contaminarse. Los altos cargos de la Tierra y gobiernos mundiales, unieron sus fuerzas como nunca antes y establecieron un modo para vivir fuera de peligro. La manera con la que se ha afrontado este problema es otra historia que más adelante descubrirás, así que voy a hablarte ahora de tu historia.

»Las instalaciones de *Frigoma S.L.* y su secreta zona de pruebas fueron devastadas por completo por el gran cataclismo. Una vez establecido el orden, el gobierno puso en marcha un proyecto científico para intentar hallar la forma de evitar seísmos de esta magnitud. Primero encomendó que se investigaran los lugares que habían tenido mayor índice de población, ya que creían que allí sería más fácil encontrar datos y efectos dejados por el terremoto. *Frigoma* estaba bastante alejada de los núcleos urbanos. Ese fue uno de los motivos por el que tardaron tanto en encontrarte. El otro factor que influyó en la tardanza fue que se desconocía la existencia de la secreta zona de pruebas. Había pasado desapercibida todo el tiempo, por estar perfectamente oculta entre las montañas. Todo lo encontrado en *Frigoma* fue destruido.

»Fuiste rescatado, sacado del hielo hace tres años, es decir, dos antes de tu despertar en esta habitación. Te encontraron durante una expedición científica realizada por una cadena de televisión que trataba de documentar los misterios de la catástrofe sucedida en diferentes puntos de Europa del Sur. Casualmente, por aquel entonces mi hermano trabajaba para esa cadena de televisión. Él estaba al tanto de mis trabajos e investigaciones, por lo que conocía perfectamente la obsesión que siempre he sentido por la criogenización humana. Cuando te encontraron atrapado entre el hielo, no dudó en informarme, ya que podía ser una oportunidad crucial para mí. Al principio descarté completamente trabajar o estudiar tu cuerpo, porque anteriormente tuvimos una mala experiencia de criogenización con otro sujeto, encontrado en circunstancias similares. A la hora de introducirlo en la máquina perdimos su actividad cerebral y quedó en un estado vegetal para el resto de sus días. Tras el fallo con el experimento, el gobierno nos prohibió seguir con el proyecto y nos retiró la subvención. Pero al tener constancia de tu situación me vi obligado a hacer algo al respecto. Negocié de nuevo con el gobierno, o más bien les rogué para tener una última oportunidad. Después de mucho esfuerzo por mi parte y de firmar un contrato de confidencialidad, el cual me prohibía hacer pública su historia fuera del *SSEM*, conseguí que nos aprobaran otra vez el proyecto. Solo me impusieron la condición de que «reinventáramos» la máquina con el fin de evitar tener otro fracaso.

»En cuanto recibí la noticia de que tenía vía libre para sacarte de allí, descongelarte e intentar hacer funcionar tus órganos de nuevo, reuní a los especialistas que me acompañaron con el anterior paciente y fuimos directos a Cauterets. Buscamos en los demás tanques con la esperanza de encontrar a alguien más, pero no hallamos nada.

»El éxito de tu rápida recuperación es debido a que quedaste congelado al cien por cien en escasos segundos y no dio tiempo a que se te atrofiara ningún órgano vital durante la solidificación. Por explicarlo de otra forma, quedaste perfectamente congelado para tu posterior uso. Solo hizo falta saber cómo recuperarte adecuadamente y tener los medios necesarios. En este caso, nosotros éramos los más indicados para ello. Todo este proyecto ha costado muchísimo dinero. El gobierno nos ha devuelto la subvención retirada. Ahora mismo, hay varias empresas hermanas pendientes de nosotros, impacientes por comprarnos el proyecto y las técnicas empleadas en él.

»Si conseguimos encumbrar este gran trabajo, todo el equipo del *SSEM.* recibiremos una cuantiosa recompensación económica. La idea es poder recompensarte a ti también con ella, demostrando de esta forma el valioso papel que has jugado con nosotros. Así que te pido que te tranquilices, que trates de asimilar todo esto. Cuanto más pongas de tu parte, antes terminaremos y cuanto antes terminemos, antes saldremos todos beneficiados. Recuerda que tienes que cumplir los contratos que firmaste con nosotros —me especificó mostrando los papeles a la cámara un par de segundos.

»No tengo nada más que decirte ahora, aparte de avisarte que no intentes salir de la habitación, ya que no podrás. La puerta está bloqueada, hemos tomado esta medida para tenerte controlado, ya que ayer nos diste motivos suficientes para que desconfiemos de tus actos. Solo se activará cuando uno de los doctores acreditados entre a verte. No tienes otra opción, quédate ahí tranquilo y cumple con tu cometido —y a continuación acabó su discurso con la frase con la que solía hacerlo—. Te deseo mucha suerte y que pases un buen día.

Aunque las revelaciones de Rossellini me aclararon algunas cosas, no pude olvidar lo que más me importaba en ese momento. ¿Qué había sido de Ariel? ¿Cuánto tiempo había permanecido congelado? En su explicación, Rossellini eludió dos grandes detalles que sabía que verdaderamente me importaban, y esto me desconcertaba. ¿Me ocultaban eso para evitar que me traumatizara? Cuando pensaba en la avanzada tecnología que poseía el complejo y relacionaba todo, mi cabeza apuntaba a una única idea: quizás había estado congelado mucho más tiempo del que yo quería creer.

A pesar de que el seísmo había aniquilado a más de la mitad de la población, mi cabeza no quería sopesar la posibilidad de que Ariel pudiera haber muerto. En cambio, ella debió quedar destrozada imaginando que yo habría muerto en el terremoto. Desde que la había recordado, sentía la necesidad de estar con ella. El primer paso era salir de allí y ahora mismo era casi imposible.

Los contratos que había firmado con el *SSEM.* en los días previos a mi tratamiento con la máquina, iban a dificultar bastante que cumpliera con lo que más deseaba hacer en ese momento: buscar a Ariel. En sus cláusulas indicaba que no podía abandonar el complejo si no tenía la aprobación de Rossellini. Estaba bien claro que, recién salido de la máquina y por lo inestable que había demostrado estar, Rossellini nunca hubiera aceptado mi petición. Salir de allí de forma natural me llevaría varios meses, así que decidí pensar un buen plan de fuga.

Me llevó varias semanas idear un plan —incompleto pero factible— para escapar de allí. Estudié muy bien los movimientos que hacían cada uno de los doctores que me visitaban, hasta que encontré un fallo del que pude beneficiarme. El psicólogo que me asignaron tenía por costumbre no bloquear la puerta al entrar. El motivo por el que no lo hacía lo desconozco, imagino que sería por descuido. La cuestión es que el por qué da igual, lo importante es que entraba y la puerta quedaba sin bloquear. Así, mi plan se centraba en este individuo que me visitaba una vez por semana. Tras registrar varias veces todos los rincones de la habitación, supe de qué herramientas disponía para llevar a cabo mi huida.

Llegó Rodrigo, el psicólogo. Seguramente apareció en mi habitación creyendo que aquella tarde iba a ser una más. Pero ni para él ni para mí fue precisamente una tarde cualquiera. Rodrigo pasó por la puerta sin bloquearla, tal y como tenía por costumbre. Siempre vestía con la típica bata de empleado del *SSEM,* prenda que jugó un importante papel en mi plan de fuga.

Comenzaba todas sus visitas preguntándome por mi estado anímico. A partir de aquí, encaminábamos la conversación hacia un asunto u otro. Solo había dos temas tabús para mí, que ya sabéis cuáles eran: uno era todo lo relacionado con Ariel y el otro respecto al tiempo que había transcurrido mientras estuve atrapado bajo el hielo, esto acababa con mi paciencia; tanto era así, que fue lo que hizo que emprendiera mi plan de una manera de la cual no estoy orgulloso. Es por esto por lo que he acelerado un poco mi historia y no he entrado en estos detalles.

La idea principal era vestirme con la ropa de Rodrigo y salir por la puerta. De esta forma quizás podría recorrer las instalaciones hasta encontrar la salida sin llamar la atención. A partir de aquí estaba dispuesto a improvisar. Era consciente de la alta probabilidad de fracasar que tenía, ya que desconocía con lo que me podía encontrar. El complejo estaba dotado de avanzadísima tecnología y seguro que grandes controles y medidas de seguridad me aguardaban. Sin embargo, las ganas que tenía de salir hicieron que me lanzara a intentar conseguirlo.

No voy a decir con qué artilugio golpeé en la cabeza a Rodrigo. Tampoco los daños que le ocasioné, porque no estoy orgulloso de ello. Le asesté por la espalda un golpe traicionero que lo dejó fuera de combate. Lo maniaté a la pata de una mesa y sellé su boca con gasas adhesivas que previamente cogí de uno de los cajones. Después, para aparentar ser un empleado más, empecé a desvestirlo y a ponerme sus pantalones, sus zapatos, su bata y su corbata.

No hubiera agredido así a Rodrigo si no hubiera estado totalmente seguro de que ningún sistema de mi habitación me vigilaba. Todo el tiempo que había permanecido en ella había sido suficiente para estudiarla a fondo y estaba convencido de que la habitación carecía de vigilancia de cualquier tipo. Por lo visto, el pasillo tampoco disponía de estos sistemas. Y si los había, pasé ante ellos totalmente desapercibido.

Antes de traspasar la puerta de mi habitación tome alguna medida más para evitar ser descubierto. Cubrí mi mano metálica con unos guantes, y cogí los documentos que portaba Rodrigo, para disimular con ellos.

Al salir de la habitación me encontré con un pasillo vacío y silencioso. Mi caminar fue acompañado otra vez por aquella luz que parecía provenir de ninguna parte. Al final de este pasaje había dos opciones: escaleras o ascensor. Como recordaréis, el ascensor ya lo había utilizado en un par de ocasiones acompañado por Rossellini. Estaba claro que para salir del edificio tenía que descender. Ya lo hice cuando me dirigí a la sala de la máquina, la cual la habían instalado en la planta baja dado su tamaño, así que deduje que también estaría próxima a ella la salida. Por un momento dudé qué camino de los dos utilizar. Si escogía el ascensor iría directamente a la planta baja y evitaría ser visto hasta llegar abajo. Pero recordé que ambas veces que lo pisé, este se accionó con la voz de Rossellini. No quise arriesgarme, por lo que me decanté por las escaleras por desconocer el funcionamiento del elevador. Tenía miedo a que el sistema no funcionara con mi voz. No estaba dispuesto a quedarme allí atrapado.

Descendí por el tramo de escaleras, el cual daba a una planta inferior totalmente iluminada. El pasillo que apareció ante mí era idéntico al que acababa de dejar y también se encontraba vacío. Tenía que dirigirme al final opuesto del corredor, donde arrancaba otro tramo de escaleras. De repente, al final del pasillo, aparecieron dos operarios del *SSEM.* vestidos como yo. Parecían enfrascados en su charla mientras caminaban hacia mí. Para tratar de no llamar su atención seguí caminando hacia ellos con paso decidido con los documentos que quité a Rodrigo. A escasos metros de cruzarme con ellos, hice como que examinaba esas hojas con especial atención, incluso ojeé sus páginas despreocupadamente. Acción que también sirvió para ocultar parte de mi rostro frente a ellos.

Bajé por los peldaños del siguiente tramo, que volvió a terminarse al llegar a la siguiente planta. Acababa de descubrir que las escaleras se alternaban al final de cada pasillo, de tal forma que, si quería descender hasta abajo del todo, iba a tener que recorrer todos los pasillos del complejo de punta a punta. Por ese motivo, no me encontré con nadie durante mi descenso por las escaleras. Seguro que ya nadie las usaba. Aquellos escalones eran lo más arcaico que se podía encontrar en el edificio. Iba a tener que recorrerme todas las plantas del *SSEM.* para lograr salir, mi plan se había complicado.

En este nuevo corredor aumentó considerablemente la actividad de los operarios. Los trabajadores se desplazaban por la planta rápidamente mientras observaban notas y gráficos. Traté de imitarlos, haciendo lo mismo con los documentos que portaba. Gracias a la tranquilidad que trasmitía y a lo bien disfrazado que iba, pasé desapercibido hasta el final del pasillo. Bajé el siguiente tramo de escaleras. El aspecto de este pasillo era distinto de los anteriores, era mucho más ancho, tanto que parecía más una enorme sala que un corredor. También era mucho más luminoso. De repente me encontré en un lugar lleno de gente trabajando en despachos, mostradores, máquinas, ordenadores y frente a luminosos flotantes. La planta poseía varías columnas, aunque eran difíciles de distinguir entre tanta gente. Después de hacerme hueco entre el gentío llegué de nuevo al final de la galería y seguí utilizando las escaleras. Aparecí en otro pasillo semejante al que acababa de dejar. Imaginé que el resto de plantas que me esperaban estarían igual de concurridas que esta y la anterior. Si era así, y todo apuntaba a ello, mi vulnerabilidad iba a aumentar.

El camino se me estaba haciendo largo y me estaba empezando a desesperar, así que tomé una decisión para acortar trayecto: en la próxima descensión iba a dejar las escaleras para arriesgar con el ascensor.

La diferencia de este pasillo con el anterior era que estaba todo mucho más ordenado. Aunque los operarios seguían con su incesante trabajo con ordenadores y luminosos flotantes al igual que arriba, el silencio reinaba en la planta. Los puestos de trabajo estaban situados a ambos lados, dejando un pasillo central para poder andar. Mientras caminaba por él, me crucé de frente con varios empleados. De nuevo tuve que echar mano de mis documentos para ocultar como pude mi rostro. Sabía que podía ser descubierto fácilmente si cualquiera de los operarios se fijaba en mi ojo implantado. Eso fue un motivo más por el que me decanté por adelantar camino utilizando el ascensor.

Pasé desapercibido hasta el final del pasillo, donde me esperaba el ascensor o el nuevo tramo de escaleras. Tal y como momentos antes había decidido, escogí el ascensor. Cuando me aproximé a él, la puerta desapareció ofreciéndome paso, entré y un operario se introdujo en el ascensor conmigo. No me prestó mucha atención pues parecía llevar prisa. Solo me preguntó si iba a la planta baja, a lo que yo simplemente asentí. El trabajador ordenó al ascensor descender hasta allí. Me ahorré comprobar por mí mismo si el sofisticado elevador también hubiera funcionado con mi voz. Al desvanecerse la puerta, aparecí ante la gran sala que semanas atrás recorrí cuando me dirigí hacia la máquina. Cientos de operarios se movían, dotando a la planta con una gran actividad. Albergaba tanta gente y era tan extensa que me fue imposible divisar sus límites y por lo tanto, no supe qué camino tomar. Me figuré que a lo mejor mi compañero de ascensor que mostró prisa por ir a la planta baja se dirigía a la salida. De este modo, decidí seguirlo cautelosamente.

Penetré entre el gran gentío. No todos poseían batas en este nivel. A pesar de ser prendas rarísimas y de no haberlas visto en mi vida, no sé por qué entendí que eran ropas de calle. Otra vez me desconcerté. Todo apuntaba a lo mismo en mi cabeza. No obstante, sabía que en ese momento no podía desviar mi atención por lo que traté de olvidarme de ese detalle.

Distinguí a un grupo de personas que me miraban. Aquello no tenía buena pinta, así que decidí darme prisa y adelanté al empleado al que seguía. Pronto dejé el gran tumulto de gente atrás. Volví unos instantes la mirada para saber si alguien me seguía y, efectivamente, nadie lo hacía. Por suerte solo me rodeaban unas cuantas personas que, al igual que yo, se dirigían a la salida.

Nos desviamos hacía un amplio pasaje que parecía estar iluminado por la luz de la calle. No pude evitar sonreír al sentir que estaba próximo a la salida. Aunque esta expresión facial se me borró por completo cuando divisé dos guardias a mitad del recorrido hacia mi libertad. Por suerte no controlaban a la gente que salía, únicamente identificaban a los individuos que entraban, ya que ese mismo pasaje también era el acceso al complejo.

Logré pasar frente a los guardias sin llamar su atención. Pero justo cuando me faltaba una veintena de metros para alcanzar la calle se activaron todas las alarmas. Una sirena acompañada con una luz roja parpadeante lo invadió todo. La gente de mi entorno se sobresaltó. Se miraban con desconcierto, sin conocer el motivo de las alarmas.

De alguna forma supe que me habían descubierto, así que no paré de caminar. Los guardias no me prestaban atención, debieron pensar que el problema era interno. De repente, la puerta que daba hacia el exterior, mi último obstáculo, empezó paulatinamente a cerrarse. El complejo estaba sellando la salida para que nadie pudiera escapar. Si no corría, no me iba a dar tiempo a salir. Rápidamente solté los documentos que portaba y corrí. Mi acción me delató frente a los guardias que comenzaron a correr detrás de mí. Uno de ellos me disparó varias veces a las piernas con su peculiar arma, por suerte no me dio. Su compañero casi me agarra justo antes de pasar por el estrecho espacio que quedaba entre la puerta, pero no lo logró. Los batientes de la puerta quedaron cerradas frente a sus narices y yo estaba fuera del *SSEM*.

NERÓN

El entorno futurista en el que aparecí hizo que me sobresaltara; vastos y brillantes edificios cilíndricos me rodeaban por todas partes. Mirara hacia donde mirara veía elevarse esas grises construcciones. Estas colosales construcciones colapsaban aquella enorme ciudad. Ninguna película de ciencia ficción de las que había visto había recreado jamás una ciudad de esas características, ni parecidas.

Las calles estaban desiertas. Dudo si podían definirse como calles, ya que estos espacios entre edificios carecían de aceras, carreteras, vehículos, señales y gente. Aunque parecían simular calles tal y como yo las recordaba, nadie caminaba por ellas. Es más, estaban completamente vacías, no había nada, solo un suelo abandonado y desquebrajado que nadie utilizaba. Sin embargo, que no viera a ninguna persona caminar no significaba que esa enorme ciudad estuviera vacía, simplemente significaba que nadie usaba los bajos de la ciudad para desplazarse. Cuando alcé la mirada vi una gran cantidad de objetos volando entre los edificios. El cielo estaba lleno de cápsulas transparentes que trasladaban gente en su interior, ese debía ser el sistema de desplazamiento de los habitantes de aquel futuro y que ahora era mi presente.

Las personas utilizaban estas cápsulas para viajar y moverse entre los edificios, por eso nadie utilizaba el suelo para trasladarse. En cambio, yo iba a tener que hacerlo y rápido, si no quería que me internaran de nuevo en el *SSEM*. No podía seguir contemplando allí pasmado mi alrededor, aunque fuese lo más insólito y fascinante que había visto hasta la fecha. Tenía que correr para alejarme lo máximo posible de la puerta del *SSEM* antes de que la volvieran a abrir.

Durante mi carrera seguí observando mi impresionante entorno. El cielo no conservaba la tonalidad de color azul a la que yo estaba familiarizado. Poseía un matiz más apagado. Si me fijaba bien, parecía como si la ciudad estuviera envuelta o recubierta con algún material transparente, en el que se observaban débiles reflejos del interior de la metrópoli.

Al descubrir que no se podía entrar a las edificaciones cilíndricas desde el suelo, descarté la posibilidad de ocultarme en ellas. Había que hacerlo desde el aire, introduciéndose por cualquiera de los accesos que poseían los cilindros en sus zonas medias y altas. Podía observar cómo salían y entraban constantemente cápsulas portadoras de personas por estos pasos. Solo el *SSEM* y algún otro edificio que encontraba mientras corría, tenían accesibilidad a pie de calle. Estos escasos edificios parecían no tener nada que ver con aquella ciudad tan homogénea. Aunque para mí siguieran siendo obras avanzadísimas de la arquitectura, debían ser las construcciones más antiguas que quedaban. Tampoco me quise esconder en estos edificios, lo veía arriesgado. Decidí seguir corriendo hasta que encontrara un lugar que verdaderamente me transmitiera seguridad.

Cuando llevaba treinta minutos corriendo, mis fuerzas empezaron a flaquear. La energía de mi cuerpo se me escapaba. Aunque me había recuperado al cien por cien de mi accidente, mi estado físico era débil como para realizar el esfuerzo que requería una carrera como esa. A pesar de ello, no fue el cansancio lo que hizo que parara en seco, sino un pensamiento demoledor: si había transcurrido tanto tiempo como parecía, Ariel no existiría.

A pesar de que durante mi estancia en el *SSEM,* mi subconsciente me había avisado repetidas veces de que la tecnología de mi alrededor podría significar que había permanecido congelado más tiempo del que imaginaba. Nunca antes me había parado a relacionar cómo me habría afectado ese posible transcurso de tiempo respecto a la edad de Ariel; no había pensado que hubiera pasado tanto tiempo como para que no quedara nada de ella.

Ahora tenía claro que había tenido que pasar mucho tiempo congelado para que todo hubiera evolucionado de esa manera. Sobre todo, para que la tecnología y la medicina hubieran sido capaces de descongelarme y recuperarme. Además, según Rossellini, pasó bastante tiempo hasta que las ciudades empezaron a recuperarse tras el problema que hubo con la radiación. Me parecía imposible que mi entorno se hubiera convertido en lo que estaba viendo solamente durante el transcurso de una, dos, o tres generaciones posteriores al gran cataclismo. Ariel habría dejado de existir hace mucho. No era posible que le hubiera ocurrido algo como lo que me pasó a mí para que aún viviera. Por este motivo, en el *SSEM* no respondieron a mis preguntas sobre ella. Querían evitar causarme un trauma, el trauma que acababa de sufrir por encontrarme de frente con aquella época tan distante a mí.

Ese pensamiento imprevisto hizo que cesara en la huida hincando mis rodillas en el deteriorado suelo. Allí quedé arrodillado, roto por dentro y llorando desconsoladamente. Ya nada tenía sentido para mí, todo me daba igual. Por más que pensaba, no encontraba razón para seguir respirando si Ariel no estaba. Permanecí derrumbado en esa posición durante un largo rato.

Mientras permanecía completamente desolado sobre el suelo, se adueñaron de mí varios pensamientos. Tan solo estaba allí por un grupo de científicos que se aprovecharon de mi situación, por lo tanto, no debía permanecer existiendo en ese tiempo futuro. ¿Qué hacía yo en esa época tan avanzada? Si el destino había elegido que falleciera en *Frigoma,* tendrían que haberlo respetado. Aquellos hombres habían violado las leyes fundamentales de la vida conmigo, trayéndome a un entorno desconocido que mi cabeza no podía asimilar. Pensé que jamás podría amoldarme a esta nueva situación, que todo esto nunca tendría que haber ocurrido. Todos esos pensamientos me hicieron decidir que tenía que poner fin a mis días y borrarme de aquel tiempo que no me correspondía. Esa sería la única forma de terminar con mi dolor, total, ¿qué me impulsaba a seguir viviendo a partir de entonces?

Pasé varios minutos sin poder levantar cabeza.

De pronto me alertó un leve sonido que hizo que volviera a la realidad. La primera vez que lo oí, no pude averiguar de qué se trataba, pero sí la segunda. Era como si alguien me llamara desde la lejanía, aunque no veía a nadie. Seguí escudriñando mí alrededor para intentar ver de dónde provenían estos supuestos llamamientos y enseguida lo descubrí: era una persona que parecía estar escondida. Tenía parte de su cuerpo introducido en lo que desde mi posición parecía ser un agujero en el suelo. Una vez logró llamar mi atención, trató de convencerme mediante gestos de que fuera hasta donde estaba.

Mi estado de ánimo no mejoró, pero la curiosidad hizo que me acercara hasta él. Se trataba de un hombre que permanecía escondido en el interior de un profundo y largo socavón.

—Por favor, entra aquí conmigo —me dijo.

Sus pintas no invitaban a confiar en él, así que no lo hice. Sin embargo, insistió.

—Tranquilo. No sé quién eres y tampoco lo que te ha sucedido para encontrarte así, pero siento que debo ayudarte. Presiento que algo verdaderamente grave te ocurre.

Al principio no me planteé hacerle caso, pero luego, una vez di vueltas al caso, ¿qué más podía pasarme si deseaba la muerte? Ya no tenía que protegerme de nada que pudiera hacerme daño. Con un poco de suerte, él haría el trabajo sucio por mí.

Antes de terminar de decidirme si entrar con él a ese foso o no, prosiguió:

—Hace rato que te vi correr sobre el terreno, cosa que me pareció rarísima, y más aún, que lo hiciera un doctor como parece ser que eres. Decidí seguirte en la distancia, para intentar averiguar de quién huías y por qué lo hacías. Pero de pronto te paraste en seco y te derrumbaste llorando. Permanecí observándote y pude sentir la gran tristeza que te había invadido. Nunca he visto un cambio de sentimientos tan instantáneo y radical en nadie, te lo aseguro. A parte, tu situación es lo más raro con lo que me encontrado últimamente y he podido deducir que algo verdaderamente extraño debe sucederte. Por eso he sentido que tenía que intentar ayudarte.

Algo me impulsó a adentrarme en la hendidura del terreno con él. Después de explicarse de aquella manera me convenció. Me dijo que se llamaba Nerón. Me aconsejó que me quitara la ropa que vestía si no quería tener problemas con las demás personas que habitaban el subsuelo.

—No deberías seguir con esas vestimentas aquí abajo. Podrías tener represalias de la gente que vive aquí. Desde que los cuerpos de nuestras generaciones anteriores sufrieron el rechazo del *thoughtchip*, la gente de alto estatus, como los doctores, sois odiados por la mayoría de la gente que vivimos aquí.

Así que no tuve más remedio que quitarme casi todo lo que vestía. Acogiéndome al consejo de Nerón de no llamar la atención, solo mantuve puestos los pantalones de Rodrigo.

La higiene de Nerón era pésima. Vestía una ropa futurista sucia y harapienta, su barba era mugrienta y desarreglada. Claramente, era un mendigo de aquella ciudad.

Avanzamos varios metros por el interior del socavón hasta encontrarnos ante un gran talud pedregoso por el que teníamos que descender. Aquello era la pared de una profunda grieta que deduje que se debió formar a causa del terremoto de mi época. Descendimos y comenzamos a caminar por las profundidades de la hendidura.

Allí abajo todo estaba plagado de basura. Parecían ser las sobras y desperdicios de la gente de la superficie. Mientras caminábamos, Nerón trataba de tranquilizarme. Mi estado depresivo no me había permitido decir ni una palabra desde que Nerón decidió ayudarme. La verdad es que tuvo mucho tiento en aquel primer contacto que mantuvo conmigo y consiguió que no dudara de sus intenciones. Entre los escombros encontró un viejo y deteriorado traje como el suyo. Lo sacudió para quitarle el polvo y me lo ofreció para que no estuviera más tiempo semidesnudo. La vestimenta se cerraba por la espalda —al unirse la tela, esta quedaba cerrada— e incorporaba una especie de botines.

Era de locos todo lo que me estaba sucediendo. En esos momentos deseé no haber visitado *Frigoma* jamás. Sin embargo, la ayuda y compañía que estaba recibiendo de Nerón empezaba tranquilizarme. Nerón desconocía mi situación, pero su amabilidad estaba logrando que la viera menos caótica.

A pesar de que fue muy precavido conmigo, no pudo evitar preguntarme qué me había ocurrido para acabar así. Constantemente me decía que no comprendía que un doctor, o una persona poseedora de un brazo de última generación hubiera acabado de aquella manera: fuera de una cápsula de movimiento y corriendo desesperadamente por los peligrosos bajos de la ciudad.

El silencio reinó entre nosotros tras su pregunta así que Nerón decidió no insistir.

—No quiero agobiarte. Bastante habrás pasado ya. Sea lo que sea, estás en tu derecho de no querer contarlo y lo voy a respetar. Aunque así me va a resultar difícil poder ayudarte —me dijo.

En cambio, yo sabía que nadie podía ayudarme. Nadie tenía la capacidad de sacarme de aquella situación, ni de devolverme a Ariel.

Seguí sin pronunciar palabra ante él y, aun así, conforme caminábamos, parecía conocerlo mejor. De la forma en la que se expresaba denotaba tener bondad hacia los demás. La verdad es que caminaba junto a Nerón sin saber hacia dónde me llevaba, pero me daba completamente igual, ya se había ganado toda mi confianza. Sin duda, quería ayudarme.

La noche y el frío se estaban adueñando de la ciudad. Nerón me ofreció cobijo en su chabola y me desveló que era allí donde nos dirigíamos.

Nerón era una persona capaz de crear una química especial con cualquiera rápidamente. Hasta la creó conmigo, que todavía no había abierto la boca. No paró de hablar durante el recorrido a su chabola.

A veces su personalidad era un tanto extrovertida. Hablaba tanto y de tantas cosas, que en ocasiones parecía abandonar el mundo de la cordura. No necesitó que interactuase con él en sus conversaciones, él solo se bastaba. En ocasiones debatía y discutía consigo mismo de temas y cosas que yo no entendía. Algunas veces parecía ser un hombre muy cuerdo, pero muchas otras tener un problema de bipolaridad. Creo que debía sentirse solo y había tenido que aprender a hacerse compañía a sí mismo, creándose esa personalidad tan arrolladora que lo caracterizaba. Lo único que necesitaba Nerón era un amigo, una persona con la que poder interactuar. Yo solo necesitaba esconderme en un lugar seguro mientras decidía cómo poner fin a mis días. Parecía que nos necesitábamos uno al otro. Por lo tanto, me dispuse seguir a su lado, su casa sería perfecta como escondite.

Para llegar hasta su chabola tuvimos que abandonar la grieta por la que caminábamos, recorrer rápidamente unos metros de la superficie, e introducirnos en otra grieta próxima. Recorrimos las profundidades de cuatro de estas enormes brechas del suelo antes de llegar hasta su hogar. Cada una era diferente, pero todas estaban llenas de basura. Cada vez que salíamos de una grieta para adentrarnos en otra, aparecíamos ante el mismo paisaje del exterior. Siempre nos veíamos rodeados por más rascacielos cilíndricos y las cápsulas de movimientos se adueñaban de las alturas. Nerón parecía conocerse muy bien esas grandes simas subterráneas. En sus profundidades, algunas llegaban a convertirse en galerías colosales, túneles kilométricos o pasadizos interminables.

Por el camino me contó que estas cavidades existían por todo el subsuelo de la ciudad y que él sabía utilizarlas para desplazarse a cualquier punto de la superficie.

La última grieta que recorrimos antes de llegar estaba repleta de chozas y de mendigos. Mi alrededor empezó a provocarme cierto interés. Llegué a notar la necesidad de preguntarle a Nerón por qué él y toda esa gente se escondían en vez de hacer vida en la superficie. Sin embargo, no se lo pregunté, por el momento decidí abstenerme.

Por fin llegamos a su chabola que, por cierto, se había pasado la mayor parte del camino hablándome de ella. Mientras entrábamos me aclaró que él era de los pocos sin *thoughtchip* que vivían a solas en una chabola, que la mayoría de los mendigos vivían en comunas de cuatro o cinco personas bajo el mismo techo. Se sentía realizado por haber conseguido ser autosuficiente en un lugar donde la mayoría de los habitantes del subsuelo se veían obligados a compartir sus hogares.

Empezó a interesarme qué era eso del *thoughtchip*, ya lo había nombrado en dos ocasiones. Esta vez la intriga pudo conmigo y por primera vez desde que lo conocí, decidí romper mi silencio:

—¿Qué es el *thoughtchip*?

—¿Qué has dicho? ¿Puedes repetirlo?

—¿Qué es ese *thoughtchip* del que me hablas? —le repetí.

—¿Acaso me estás vacilando? —En ese instante su expresión facial cambió para toda la noche.

Al escuchar mi pregunta, Nerón empezó a sufrir uno de sus repentinos brotes de bipolaridad:

—No puede ser que no sepas lo que es el *thoughtchip*. Todo el mundo lo sabe. El *thoughtchip* es la suerte de unos y el problema de otros. Tenerlo significa ser alguien en la vida y no tenerlo... ¡Mírame! —me gritó—. ¿Por qué crees que vivimos aquí abajo?

Después de este comentario que hizo mostrando su lado más psicótico, me miró fijamente a los ojos. En mi mirada pudo intuir que verdaderamente desconocía todo lo relacionado con esa palabra. Yo, en cambio, en la suya vi los ojos de un loco.

—No me estás engañando. Verdaderamente no sabes lo que es. ¿Es que has perdido la memoria? Chico, ¿has sufrido un golpe? —

siguió preguntándome con su personalidad normal, la de compasivo, que acababa de recobrar.

Poco le duró ese estado de ánimo. Cuando vio que no respondía a sus preguntas, comenzó de nuevo a dar rienda suelta a su incontrolable cerebro. Más tarde descubrí que Nerón sufría esos cambios de personalidad cuando ante él aparecía una idea que era incapaz de resolver.

Nerón siguió dialogando solo, pero ahora lo hacía más rápido y más nervioso que antes. Comenzó a caminar haciendo círculos por el pequeño salón de su chabola. La escena era totalmente delirante. Pasados unos minutos se presentó ante mí el Nerón sereno:

—Yo me he presentado anteriormente. Lo vuelvo a hacer si quieres. Me llamo Nerón. Ya que antes has hablado, ¿podrías decirme tu nombre?

—Álex —le respondí.

—Encantado, Álex —dijo estrechándome su mano—. Voy a formularte un par de preguntas, recuerda que quiero ayudarte. ¿Has perdido parte de tu memoria, aunque recuerdes tu nombre?

—No, nada de eso. Me acuerdo de toda mi vida y me siento orgulloso de ello —contesté alardeando después de todo lo que había pasado para recuperar mis recuerdos.

—De acuerdo, no nos pongamos nerviosos —se decía para sí mismo—. Ahora voy a realizarte otra sencilla pregunta. En parte no sé por qué te la voy a hacer, porque doy por hecho que tienes que responderme con un sí. Porque si escucho un no... voy a alucinar contigo. ¿Posees el *thoughtchip*?

—No lo sé.

—¿No lo sabes? No se puede no saber si lo tienes o no. ¡O lo tienes, o no lo tienes! Espero que tu problema sea mental y poder dar una explicación lógica a todo esto. Porque si no, el que va acabar loco voy a ser yo.

—No sé lo que es el *thoughtchip*, te lo he dicho antes —le contesté.

—Álex, te recogí con la buena intención de ayudarte pero no creo que pueda. Tu situación, o mejor dicho, la locura de tu mente me tiene superado.

Para él, el loco era yo. ¡Qué cosas!

—Espera aquí —me dijo.

Nerón abrió una puerta de madera que permanecía descolgada de una de sus bisagras y se adentró a una especie de habitación o partición de su chabola. Escuché alboroto en su interior. Parecía como si Nerón estuviera rebuscando algo entre chatarra. Momentos después, salió con un viejo aparato que parecía ser de fabricación casera. Intuí por su forma que era una especie de lector, pues se parecía a los lectores de códigos de barras de las tiendas que yo conocía.

—Por favor, Álex —me dijo amablemente, ofreciéndome asiento en su mesa de comedor.

A continuación me abrió un bote de comida en conserva y me invitó a comerlo. Tenía bastante hambre, así que me puse con ello. Al mismo tiempo me acercó el lector, detrás de la oreja.

—¡No lo tienes! —dijo sobresaltado.

En esos momentos no quise hacerle mucho caso a la cabeza perdida de Nerón. Me estaba empezando a cansar con sus incesantes cambios de personalidad. Decidí seguir con lo mío, mi única preocupación en la vida: acabar ese bote de comida envasada.

—¡No tienes el *thoughtchip* y tampoco la cicatriz cutánea del rechazo! ¡Qué locura! —Nerón deliraba por completo.

El Nerón normal era una persona totalmente cuerda. Pero cuando no entendía algo, o le surgían dudas, florecía su otra personalidad. Eso era la causa de su bipolaridad. Desde que había entrado en su chabola no le cuadraba nada de mí. Tantos y tan seguidos cambios de humor que estaba sufriendo Nerón, me hicieron pensar que iba a quedar en ese estado de frenesí para siempre. Pero por suerte no fue así.

—¡No puede ser, esto es una auténtica locura! —Era una de las frases que no podía dejar de repetir.

Nerón estaba bastante afectado por descubrir que una persona como yo no tenía el *thoughtchip*. En aquel momento yo no entendía su reacción, necesitaba aclaraciones de algún tipo, al igual que él. ¿Tan importante era ese *thoughtchip*? Al creer que nada podía empeorar su estado, decidí aprovecharme de la situación para hacerle una segunda pregunta:

—¿En qué año me encuentro?

2219

Me equivoqué cuando pensé que la situación no empeoraría. Esa noche Nerón estuvo irreconocible. Quedó bloqueado al escuchar mi pregunta. No sé lo que pasó por su cabeza, pero a partir de ahí, permaneció callado toda la noche. Creo que mi cuestión le provocó alguna clase de shock mental. Nerón confiaba plenamente en que no le realizaba esta pregunta para tratar de confundirle. Pudo titubear la noche anterior al escucharme decir que ignoraba qué era el *thoughtchip*. Pero una vez que comprobó que mi desconocimiento era cierto, no mantuvo motivo alguno para dudar de esa segunda cuestión. Ninguno conciliamos el sueño hasta altas horas de la madrugada a causa de la tensión que creé preguntándole aquello.

Al día siguiente después de desayunar comida enlatada, retomamos el diálogo. Nerón no había respondido a mi pregunta en toda la noche.

—Me gustaría saber en qué año estamos —le recordé, rompiendo el silencio que manteníamos.

Creí que al volver a realizar dicha pregunta a Nerón, sufriría otro de sus típicos cambios de personalidad, pero no fue así. Creo que el impacto que había causado en él la noche anterior fue tan grande que hizo que su bipolaridad se esfumara un tiempo.

—He estado meditando sobre ti, Álex. Creo que verdaderamente no sabes en qué año te encuentras. Algo muy grave tiene que haberte sucedido, para que a tu extraño caso, se sume tu ignorancia sobre en qué año vives. Pero a pesar de la rareza que parece envolverte, confío que todo tenga una explicación lógica.

Según Nerón, eran tres los factores que más lo desconcertaban. El primero, que no tenía *thoughtchip* ni la marca de su rechazo. El segundo, que a pesar de las limitaciones que eso suponía, había podido adquirir un brazo de última generación. Y un tercero, que fui la primera persona de la superficie que había visto utilizar el suelo para desplazarse. Este último punto aún se complicaba más por ir vestido como un doctor. Aunque Nerón tenía dudas si de verdad lo era.

—¿Eres doctor? —me preguntó para aclarárselas.

—No.

—Entonces, ¿qué hacías vestido como uno de ellos? No lo entiendo. Quiero ayudarte pero no puedo hacerlo si no colaboras. Estoy a punto de rendirme contigo si no me cuentas nada. Tu situación me ha desbordado —me dijo aparentando sufrir cierta impotencia.

—No puedes ayudarme, ni tú ni nadie —añadí a su comentario —, por eso he decidido acabar con mi vida. Aunque antes me gustaría saber en qué año estamos. ¿Vas a decírmelo?

Los ojos de Nerón se abrieron exageradamente. En ese instante su mente debió ampliar las posibilidades que hasta entonces había pensado para dar una posible explicación a todo esto.

—Cuéntame de una maldita vez qué te ha sucedido; si no, vete. No quiero ser partícipe de tus planes —me dijo denotando impotencia.

La cara de asombro que puso Nerón era indescriptible, sus ojos me desvelaron que realmente me creía. Después de mi contestación, no le quedó más remedio que ir haciéndose a la idea de que verdaderamente mi vida databa de otro tiempo.

—¿De-de qué año-ño eres? —dijo tartamudeando.

—Del año 2017 —le contesté.

Seguidamente le advertí que no tratara de sonsacarme más información, porque no le iba a desvelar nada más. No quería que nadie se interpusiera ante la decisión que ya había elegido para mi vida y menos que alguien me entregara de nuevo al *SSEM*.

Un enorme estado de nervios se apoderó de Nerón y le hizo vomitar varias veces. A pesar de todo, mantuvo la cordura en todo momento. Estuvo irreconocible comparándolo con el día anterior. Parece ser que su consciencia hizo que esta vez, ante este caso tan importante y singular, mantuviera la serenidad.

Cuando su estómago se recompuso, sintió la necesidad de hacerme infinidad de preguntas. Pero, como ya estaba avisado de que no iba a contarle mucho más, tuvo que evitar hacérmelas. Me constató que si no quería desvelar cómo había llegado o aparecido allí, lo respetaría. Pero, que, por favor, le respondiera a una última pregunta, la que él creía que podía encerrar la clave de todas las demás.

—¿Por qué has venido?

Contesté a su pregunta volviéndole a repetir que no había venido por mi propia decisión. Que un experimento científico y un grupo de hombres habían sido los responsables. Que no tenía nada que hacer allí y que como él comprendería, no me quedaba nadie, por eso mi vida carecía de sentido.

Supongo que Nerón se imaginó que debí viajar por el tiempo con una especie de máquina temporal como las recreadas en ciencia ficción, y no de la forma en que lo hice.

Desde ese instante comprendió por qué me había encontrado tan desolado y también el hecho de que quisiera acabar con mi vida. Sin embargo, al compartir parte de este asunto con él, sentí una pequeña liberación en mí. Comencé a ver las cosas y a pensar un tanto diferente. Ahora que había encontrado el escondite perfecto para meditar sobre lo vivido y una compañía en la que podía confiar, quizás era el momento de que Nerón me contara más sobre mi nuevo entorno.

Al fin, Nerón contestó a mi pregunta. Nos encontrábamos en el año 2219. Aquello era de locos, habían transcurrido doscientos dos años desde que sufrí el accidente. Me costó asimilar esta revelación varios minutos, pero no tuve más remedio que hacerlo. Ahora, mi presente y la realidad era esa.

Tanto mi declaración como la de Nerón fueron tan impactantes que acabamos fatigados de tanto conjeturar sobre el asunto. Por ese motivo, ambos decidimos dejar el tema a un lado hasta la mañana siguiente, en la que seguro que nuestras mentes estarían más despejadas, y dedicar el resto del día para tratar de asimilarlo.

Llegado dicho momento, Nerón se ofreció a compartir conmigo los acontecimientos que me perdí y a explicarme el actual funcionamiento de la sociedad. Aunque me advirtió que las únicas referencias de la historia que tenía eran las que le enseñaron sus padres.

Todo lo que os expongo a continuación son los cambios surgidos en la Tierra a partir del gran seísmo, según Nerón:

La vida había cambiado mucho desde el año 2017. Las ciudades y pueblos de todos los países desaparecieron por completo.

Los nuevos estados eran los únicos lugares donde podía seguir desarrollándose la vida con normalidad. Los estados eran grandiosas ciudades, como en la que me encontraba, que habían logrado remediar los problemas derivados de la catástrofe. Solo se pudieron restablecer uno o dos estados por país. Aunque en realidad los países desaparecieron tras la reconstrucción de estas nuevas macrociudades. En el antiguo territorio español fueron recuperadas dos: Madrid y *Nueva Villalva*, una nueva ciudad que surgió al crear un nuevo estado entre Álava y Villarreal (dos municipios del antiguo País Vasco que habían pasado a ser historia). La vida solo podía sostenerse en los nuevos estados así que el interés hacía todos los demás territorios se desvaneció. Las viejas fronteras ya no tenían ningún valor y los países desaparecieron.

Para que estas ciudades pudieran sustentar la vida, tuvieron que protegerlas contra la radiación que habían liberado los reactores nucleares a consecuencia del cataclismo. Para ello, desarrollaron una especie de cúpulas de grandísimas proporciones, con las que envolvieron cada una de las ciudades que se restablecieron. Estas cúpulas creadas mediante campos magnéticos estaban diseñadas para impedir que la radiación penetrara al interior que protegían. Esto debió ser a lo que se refirió Rosellini en su explicación cuando me dijo que ya descubriría por mí mismo cómo los gobiernos se aunaron para acordar una solución.

Estas cúpulas *antirradiación* fueron inventadas por un científico de mí misma época, antes del gran terremoto. El inventor de ellas las creó con una finalidad distinta a la que finalmente tuvieron que desempeñar. Estas medias burbujas eran capaces de proteger grandiosas estructuras en su interior, tal y como lo fueron las ciudades que más tarde desarrollaron bajo ellas. Sin embargo, no solo protegían sus interiores de la radiación, sino que impedían que cualquier clase de materia penetrara o escapara de ellas.

Antes del cataclismo, la *NASA* se interesó por esta invención y la compró por una elevada cifra de dinero. Querían llevar a cabo un proyecto para colonizar la luna. Estas bóvedas permitían a esta corporación norteamericana crear vida sostenible bajo ellas, aunque fuera un territorio inhóspito.

Como ya sabéis, el seísmo que sufrió Europa provocó que los reactores nucleares liberaran su radiación sobre el planeta. Naciones Unidas obligó a la *NASA* a utilizar el proyecto que acababa de adquirir sobre la Tierra, con el fin de crear espacios sin radiación que pudieran ser habitados. De esta forma se logró reestructurar la vida y la sociedad bajo cada una de las cúpulas que, por cierto, provocaban que no se pudiera apreciar la verdadera tonalidad que tenía el cielo. Gracias a ellas surgieron ciudades colosales. Sin embargo, no todos los países pudieron hacer frente al gran gasto de energía que suponía tener constantemente activo uno de estos campos magnéticos. Por lo tanto, esta medida únicamente se comercializó en los países desarrollados capaces de cubrir semejante gasto.

En parte, se puede decir que la humanidad había tenido suerte. Pudo resurgir y remediar los problemas que le acaecieron, gracias a que no se perdió la comunicación terrestre. De esta forma, en el año 2024 los grandes mandatarios del mundo pudieron coligarse para acordar una manera de restablecer el orden mundial tras la catástrofe. Además, esta unión de poder acabó con la crisis económica existente.

En las ciudades existían unas normas lo suficientemente estrictas para que mantuvieran el estado de bienestar. Sus leyes se habían establecido únicamente con la intención de ayudar a salir adelante a la humanidad y a que prosperara después de aquello. La gente que no colaboraba a crear este ambiente favorable o infringía las leyes, eran desterrados de las ciudades. Es decir, quedaban abandonados a su suerte, fuera de las cúpulas de *antirradiación*. Esta no era la única forma que existía para salir de las cúpulas, sino que había otras maneras para hacerlo. Una de ellas era trabajando en cualquiera de las corporaciones creadas expresamente para realizar misiones o investigaciones en el exterior. Los que salían de esta forma, lo hacían lo suficientemente preparados y equipados con sistemas que impedían que corrieran peligro de contaminación. Todos esos trabajos estaban financiados y aprobados por el gobierno, así que ellos mismos se encargaban de regular estas salidas y de comprobar el estado en el que volvían de ellas. Cuando Nerón me contó este dato, no pude evitar relacionarlo directamente con la expedición en la que fui encontrado.

Otra manera de salir era pidiéndolo, siempre y cuando estuvieras dispuesto a no volver. Aunque os parezca extraño esto, siempre existían indigentes (gente sin *thoughtchip*) como Nerón que, a diferencia de él, no se adaptaban a la vida subterránea y decidían abandonar las ciudades. Nunca se volvía a escuchar nada de la gente que partía de esta forma.

La mayor parte del exterior se desconocía, por lo tanto, no se descartaba que algún grupo de personas hubiera encontrado el modo de subsistir ahí fuera. Si existía gente viviendo en el exterior, la ley del más fuerte regiría entre ellos y con el paso del tiempo se habrían convertido en auténticos salvajes.

Las protecciones magnéticas poseían pasos de materia. Por estas aberturas hacía el exterior podía entrar y salir gente de las diferentes formas citadas anteriormente. Androides del gobierno, situados a ambos lados de dichos pasos, se cercioraban de que se cumplieran sus normas y nadie los boicoteara.

Cada una de las metrópolis era dirigida por una de las dos

grandes potencias mundiales. La potencia americana ejercía el poder sobre los estados correspondientes al antiguo continente americano y europeo. La otra, la gran potencia asiática, controlaba el resto de estados del mundo. Esta segunda poseía más macrociudades y era más poderosa que la primera.

Las edificaciones cilíndricas y las cápsulas de movimiento llenaban el interior de las cúpulas de *antirradiación* que envolvían los estados. Las cápsulas de movimiento eran utilizadas por las personas para cualquiera de sus traslados por las ciudades y únicamente las abandonaban cuando se encontraban en el interior de alguno de estos edificios.

Uno de los puntos más trascendentales fue cuando Nerón me aclaró la utilidad del famoso *thoughtchip*. Este era un microchip implantado detrás de la oreja que tenía importantes funciones. Con ellos se accedía mentalmente a *thoughtnet*, el internet del futuro, nada parecido al internet de mi tiempo. En él la información libre fluía por la red y en cambio el *thoughtnet*, era un simple intranet que conectaba los microchips de los ciudadanos, es decir, sus mentes a los diferentes servicios que ofrecía cada metrópoli bajo sus cúpulas protectoras. La persona que carecía de *thoughtchip* estaba perdida, ya que todo funciona mediante *thoughtnet*. La compra de cualquier producto o servicio se realizaba por *thoughtnet*. El dinero en metálico no existía, el *thoughtchip* sustituía a la tarjeta bancaría de antaño. Por lo tanto, si no lo tenías, no disponías de crédito. Las cápsulas de movimiento también se solicitaban vía *thoughtnet*. Sin este innovador microchip no podías ser cliente de ningún servicio, ni tan siquiera pasar al interior de los cilindros. Solo el que lo poseía podía vivir en la superficie y hacer uso del funcionamiento completo que poseían las infraestructuras de la ciudad. Al contrario de los que no lo tenían, que no podían realizar nada en ella. Por tanto, no les quedaba más remedio que vivir en las profundas grietas de la ciudad.

Los *thoughtchip* se implantaron en la gente pocos años después de que la sociedad se restableciera. El problema vino cuando los cuerpos de algunas personas rechazaron dicho implante y fue expulsado de sus cuellos, dejando la cicatriz correspondiente. Se corrió el rumor de que el problema que causaba esto residía en los distintos grupos sanguíneos de la gente, aunque nadie propuso ninguna solución. El gobierno dijo que estaba bastante ocupado con otros temas como para encargarse de ese minoritario grupo de la sociedad. Las primeras generaciones que padecieron este hecho ya no vivían, pero sus descendencias heredaron el problema y curiosamente, también adquirieron la misma lacra en la piel que tenían sus ascendientes.

Visitar otras ciudades se complicaba ya que nadie podía desplazarse libremente fuera de ellas. Aun así, eso no significaba que no se pudieran visitar otros estados. Para ello crearon el impulsor. Este medio de viaje interurbano estaba al alcance de cualquiera que poseyera el *thoughtchip*, al igual que todos los demás servicios.

Los estados que podían visitarse directamente desde Madrid eran: *Nueva Villalva, Oporto, París, Múnich, Fráncfort* y *Marrocabat*, un nuevo estado que se restableció en el antiguo territorio de Marruecos. Para visitar otros estados más distantes, había que realizar trasbordo en otras metrópolis. El impulsor fue catalogado como el invento más innovador de los últimos cincuenta años.

Esta forma de viaje consistía en una cápsula con forma de vaina que viajaba por el interior de unas tuberías subterráneas. Cada una de estas vainas tenía capacidad para cuatro individuos y se movía impulsada por la fuerza del vacío. El movimiento lo generaban desde el punto de destino mediante una fortísima absorción. De esta forma lo convirtieron en el sistema de movimiento terrestre más rápido que se conocía.

El impulsor revolucionó los viajes, sin embargo, el turismo terrestre tal y como lo conocéis dejó de existir. Sin embargo, el verdadero turismo había evolucionado adaptándose a los tiempos que corrían. Cerca de los perímetros que delimitaban las ciudades se observaba constantemente cómo naves y cohetes abandonaban la Tierra. Las agencias de viajes se habían dedicado a explotar masivamente el turismo espacial.

Tras el resurgimiento de la sociedad, las personas desarrollaron un amplio sentimiento a favor de los esclarecimientos que proporcionaba la ciencia. La gente decidió confiar en los científicos ya que sabían que si no hubiera sido por ellos no habrían conseguido prosperar después del cataclismo sufrido. Aparte de esto, hacía tiempo que habían comenzado a calar en las personas los grandes descubrimientos provenientes del universo. La cuestión era que la gran mayoría confiaron sus vidas a todo esto dejando atrás las religiones. Muchos se preguntaban: ¿dónde estuvo Dios que no hizo nada para ayudarnos? Sin embargo, el conocimiento científico fue el pilar fundamental de la recuperación y eso la gente lo tuvo muy presente. A raíz de esto, la mayoría de la sociedad negaba la existencia de Dios. Solo quedaba un mínimo de gente siguiendo pequeños movimientos religiosos que no querían ver lo evidente.

La ciencia se encontraba en su punto álgido. Gracias a las investigaciones que mostraban el estado en el que se encontraba la Tierra fuera de las ciudades, llegaron a la conclusión de que nada podríamos hacer contra una segunda catástrofe, aunque fuera menor.

Por un lado, habían conseguido recrear hábitats artificiales que sustentaban la vida, pero por otro sabían que eso algún día tendría que cambiar. Los estudios realizados en el exterior indicaban que la Tierra no iba a poder ser poblada fuera de las cúpulas hasta que pasara un mínimo de veinticuatro mil años. Eran conscientes de que la especie humana no estaba diseñada ni preparada para vivir dentro de aquellas burbujas durante tanto tiempo. Por esto, los gobiernos y la ciencia se aliaron para intentar solucionar estas dificultades.

Después de un gran número de conferencias privadas entre los máximos mandatarios mundiales, grandes científicos, físicos y pensadores, acordaron que lo más lógico, dado el estado que presentaba la Tierra, era mudarse a otro planeta. Por lo tanto, el mundo se centró en la búsqueda de planetas similares a la Tierra con la intención de que nuestra especie viviera y prosperara sin barreras. Los gobiernos clasificaron esto como urgente y prioritario e invirtieron enormes cifras de dinero para ello.

Los temas relacionados con la vida en el universo estaban en todas las conversaciones. Recuerdo que el que hablaba de estos temas en el siglo XXI no era tomado en serio y que la mayoría de las veces cuando alguien añadía el término «vida extraterrestre» a algunos de sus comentarios, era motivo de burla. Aquel tema, al contrario que en mi época, era lo más trascendental del momento.

Nerón acabó su explicación dándome a entender que todavía se estaba trabajando desaforadamente en la búsqueda de planetas similares a la Tierra que orbitaran en la zona de habitabilidad de su estrella y que reunieran las condiciones necesarias para albergar vida. Pues aún no habían encontrado el sustituto perfecto para nosotros. También me apuntó que ya se tenía constancia de trescientos treinta y cinco de estos exoplanetas que eran claros candidatos a reunir las características que los humanos necesitábamos para vivir. Dato que me impresionó bastante y me hizo recordar que en 2017 la *NASA* apenas había confirmado la existencia de quince de estos nuevos mundos.

En resumidas cuentas, Nerón me hizo comprender que permanecía en un futuro donde los pensamientos de la gente, la tecnología y la ciencia estaban totalmente enfocados al universo.

RICKY

Gracias al apoyo que me proporcionó Nerón comencé asimilar mejor mi situación. A pesar de que mis días carecían de sentido, el comportamiento que mantuvo conmigo provocaba que no hallara el momento de acabar con mi vida, tal y como había decidido.

Con el tiempo sentí una fuerte curiosidad por saber de qué manera debieron afectar las consecuencias del terremoto a Ariel. Al cabo de unos días este sentimiento se convirtió en una necesidad. La obsesión que desarrollé con este tema hizo que me diera cuenta de que la única forma con la que podría descubrir algo en relación a ella sería dirigiéndome a nuestro antiguo hogar. Por fin había encontrado algo por lo que luchar: un objetivo.

Al principio, la idea de caminar entre la radiación hasta mi casa me pareció bastante descabellada, pero para ese entonces ya lo había decidido. Era la única forma de poder esclarecer cómo afectaron a Ariel los efectos del cataclismo.

Estaba convencido de que el afán que me invadía por llegar hasta mi hogar, me ayudaría a encontrar la forma más idónea para realizar dicho viaje. Lo primero era encontrar un modo que me permitiera salir de Madrid, y cuando terminara, volver sin haberme contaminado con la radiación del exterior. Aunque si no conseguía hallar un remedio para esto estaba dispuesto a sacrificar mi vida con tal de encontrar datos que me revelaran lo que buscaba.

Sabía que me iba a resultar complicado llegar, la distancia entre el estado de Madrid y Bilbao, donde se ubicaba mi antigua residencia, era excesiva. No era buena idea partir desde tan lejos ya que desconocía de qué manera y con qué rapidez me afectaría la radiación. También valoré que, aunque encontrara la manera de protegerme de ella, estar expuesto demasiado tiempo podría impedir que llegara a mi destino. Además, ignoraba los peligros con los que me podía encontrar afuera, ya que no se descartaba que existieran supervivientes en el exterior de las cúpulas, viviendo sin ley y como salvajes.

Pensándolo bien, era mucho más factible recorrer la distancia que separaba *Nueva Villalva* de mi antiguo hogar. Sin embargo, sabía que viajar en el impulsor hasta *Nueva Villalva* estaba completamente fuera de mi alcance.

En cuanto compartí con Nerón mis nuevas intenciones, tuvo una idea. Me contó que quizás podría hacer uso del impulsor con ayuda de un amigo suyo al que no veía desde hacía años. Este viejo camarada del que me habló era un hacker que buscaba formas para burlar la seguridad en los accesos a los diferentes servicios de la ciudad. Nerón pensó que, tal vez con la ayuda de alguno de sus chismes, podría burlar los sistemas de pago del impulsor.

Salimos de la chabola para ir a visitar a su amigo. De nuevo recorrimos las profundidades de varias grietas. Nos adentramos por una especie de estrecha gruta donde el camino descendía considerablemente convirtiéndose en un abrupto pasaje. Más adelante tomamos un desvío que nos condujo a un túnel pedregoso. Tras este escarpado recorrido llegamos frente a varias chabolas adosadas.

Nerón golpeó la puerta de una de las chozas y seguidamente escuchamos:

—¿Quién es? —preguntó alguien desde el interior que, por la forma de expresarse, parecía que era el que se encargaba de la seguridad del lugar.

—Busco a Ricky.

—¿Quién es? Necesito un nombre —repitió la voz.

—Soy Nerón.

—Espere un momento.

Ricky era el cabecilla de una comunidad de trece indigentes que vivían allí abajo. Trataban de inventar avances y comodidades para que la gente sin *thoughtchip* pudiera hacer uso de pequeños servicios del exterior. Ricky era un muchacho de media altura que poseía las mismas pintas descuidadas que Nerón. Se ayudaba para andar con una muleta y hablaba un raro acento, que supuse que sería la evolución del acento latino de mi tiempo.

No tardó en personarse ante nosotros para recibirnos.

—¡Hombre Nerón, cuánto tiempo! ¡Qué grata sorpresa!

—Yo también me alegro de verte, ¿Cómo te va por aquí abajo? —le preguntó Nerón.

Ricky en vez de contestarle a su pregunta, le formuló otras:

—Oye, te noto un tanto cambiado, ¿a qué se debe tu visita? ¿Te ocurre algo? —dijo Ricky, al que le habían bastado aquellos escasos instantes para darse cuenta de que el carácter extrovertido de su viejo amigo ya no existía.

Nerón realizó la misma jugada que su amigo. Pasó de contestar sus preguntas y continuó el diálogo:

—Te presento a Álex.

—Encantado de conocerte, Álex —me dijo Ricky mientras me estrechaba la mano.

—Igualmente.

—Pero… ¿Qué me traes? Este tipo es de la superficie —dijo sobresaltado al ver mi brazo metálico.

—Tranquilo Ricky, no pasa nada, confía en mí —le aclaró Nerón.

—Bueno. De acuerdo. Nunca me has dado motivos para desconfiar de ti, Nerón. Pasemos adentro, no vamos a quedarnos todo el día aquí.

Seguimos a Ricky hasta lo que parecía ser su sala de trabajo.

—Como ya sabes me gusta que mis amistades vayan al grano y no se anden con rodeos. Cuéntame. ¿Qué te trae por aquí? —le dijo a Nerón.

—Te traigo a Álex porque quiere utilizar el impulsor y no tiene *thoughtchip*.

—¿Qué? No puede ser. Mira su brazo y su ojo —respondió Ricky.

—Tampoco tiene la marca hereditaria del rechazo —añadió Nerón.

—¿Qué? ¿Me estás tomando el pelo, amigo?

—No. Es totalmente cierto lo que te digo y necesita tu ayuda.

Ricky debió de hacerse infinidad de preguntas, al igual que anteriormente se las hizo Nerón. Pero se tuvo que conformar con escuchar solamente la escasa información que le compartió Nerón sobre mí. Antes de visitarle, habíamos acordado no contarle que mi vida correspondía a otra época ya que sabíamos que era peligroso difundir este hecho. Solamente le hizo saber que yo necesitaba utilizar el impulsor para ir a *Nueva Villalva* y como carecía de *thoughtchip*, no podía. Le preguntó que si algunas de sus invenciones podían ayudarme para poder burlar el acceso del impulsor.

Ricky resopló y nos dijo:

—Tengo algo mejor.

Seguidamente nos explicó que estaba trabajando en solitario, en algo más importante que sus compañeros. Nos contó que hacía días que había terminado de falsificar un *thoughtchip* reinventado por él que funcionaba exactamente igual que los verdaderos. Lo había implantado en algunos habitantes del subsuelo que se ofrecieron voluntarios para probarlo, pero sus pieles lo expulsaron, al igual que sus ascendientes rechazaron el original. Siguió diciéndonos que justo después de realizar aquellas pruebas fue cuando se percató de que lo único que había conseguido era crear un *thoughtchip* idéntico a los que ya existían, y que seguía siendo rechazado. Lo único que cambiaba respecto a los originales era que esta reinvencion disponía de crédito ilimitado y realizaban algunas funciones adicionales. Por último, nos hizo entender que, si nunca antes se me había implantado un *thoughtchip*, había una gran probabilidad que mi cuerpo lo aceptara. Por lo tanto, la falsificación que acababa de crear tenía las mismas posibilidades conmigo que un *thoughtchip* legal.

Después de explicarnos todo esto, me aclaró que, si me instalaba ese microchip, no solo podría satisfacer mi deseo de hacer uso del *impulsor*, sino que podría utilizar todos los servicios que ofrecían las ciudades.

Ricky se ofreció a implantarme su diminuta falsificación sin costes ni compromiso alguno.

Estaba dispuesto a volver al hogar que compartí con Ariel a cualquier precio, así que accedí.

La opción para visitar *Nueva Villalva* que me había planteado Ricky parecía mucho menos sacrificada que otras que anteriormente se me habían pasado por la cabeza. Además, me venía bien viajar a otro estado, ya que si seguía en Madrid por mucho más tiempo corría el riesgo de que los hombres del *SSEM* me encontraran. También valoré el hecho de que, si funcionaba bien, podría desenvolverme perfectamente por las ciudades hasta cuanto viera oportuno alargar mi vida. Así que no tuve que pensarlo dos veces y acepté la propuesta.

Ricky se puso a preparar los utensilios y aparatos que necesitaba para la implantación. Minutos después nos hizo pasar de nuevo a la sala donde iba a ser intervenido.

Recuerdo que noté la pequeña incisión que me realizó en la piel detrás de la oreja. Tanto la instalación de ese microchip como la de los *thoughtchips* originales estaba diseñada de forma tan sencilla que tan solo había que insertarlos bajo la primera capa de la piel. Pero no valía cualquier zona. Solo en un punto concreto detrás de la oreja derecha, conectaban directamente con la actividad cerebral y las decisiones del sujeto. Una vez me fue introducido el pequeño aparato, vertió en mi herida un líquido que selló mi piel instantáneamente.

Cuando Ricky terminó, procedió a probar si el implante funcionaba en mí. Para ello utilizó un pequeño aparato que conectó vía *thoughtnet* al nuevo microchip que me había instalado.

—Sí que funciona, ja, ja, ja, ja —dijo Ricky soltando una carcajada en símbolo de victoria.

—Álex, ¿te encuentras bien? —me dijo Nerón, que había estado junto a mí durante el proceso.

—Un poco mareado, pero me encuentro bien.

Cuando me reincorporé y Ricky observó que me encontraba perfectamente, procedió a explicarme el funcionamiento y el uso que debía darle al *thoughtchip*:

—Debes usarlo de la siguiente manera: cada vez que quieras utilizar el *thoughtnet*, para hacer uso de cualquiera de los servicios que ofrecen las ciudades, solo tienes que presionarte suavemente la zona donde se alberga tu *thoughtchip* y al mismo tiempo pensar en lo que deseas realizar o demandar. Momentos después, tu cerebro recibirá una contestación, confirmando o rechazando tu petición. Algunos de los servicios más corrientes que puedes realizar a partir de ahora son: solicitar cápsulas de movimiento, acceder a los cilindros, realizar todo tipo de compras, utilizar el impulsor y muchas cosas más que ya irás descubriendo.

Después de esta explicación llegó el momento de probar si verdaderamente funcionaba. Ricky, Nerón y yo estábamos deseosos por saber si aquel microchip iba a ser capaz de pasar desapercibido como un *thoughtchip* más de la ciudad. Así que nos dispusimos a salir a la superficie ya que en aquellas profundidades no se podía constatar la efectividad de sus funciones.

Volvimos por el mismo camino por el cual habíamos llegado hasta las chabolas de Ricky, pero esta vez acompañados por él. Ascendimos durante bastante tiempo por la ladera de aquella grieta que, por cierto, era de las más profundas en las que había estado. Mientras remontábamos aquella empinada pendiente estuvimos hablando de qué forma sería conveniente comprobar el funcionamiento del falso microchip. La forma ideal que no entrañaba mucha complicación, sería solicitando una cápsula de movimiento, ya que, si algo salía mal, nos adentraríamos rápidamente al fondo de la grieta para escondernos.

Al fin llegamos y abandonamos la sima. Nos encontramos ante el mismo paisaje que veía cuando me asomaba desde el interior de cualquiera de los socavones. Un entorno rodeado por los altos cilindros y las cápsulas de movimiento.

—Venga Álex, es el momento —me animó Ricky.

Me llevé el dedo atrás y presioné sutilmente mi *thoughtchip* tal y como me había indicado Ricky. Mientras tanto, solicité mentalmente una cápsula de movimiento para tres personas. Pasados unos veinte segundos, vimos como una cápsula descendía desde las alturas alejándose de la aglomeración de tráfico que había entre los edificios.

El aparato se acercó velozmente hasta mi posición y se quedó levitando a un palmo del suelo. La puerta desapareció para que entráramos y su voz programada me dijo:

—Cápsula a su disposición, adelante.

—¡Sí que funciona! Ja, ja, ja, ja —exclamó Ricky con su característica risa triunfal.

Sin pensármelo mucho, me adentré en la cápsula. Nerón y Ricky pasaron detrás de mí.

—Ciudadano, le acompaña gente sin *thoughtchip*. ¿Necesita ayuda del servicio de seguridad? —me dijo la máquina antes de proceder a la reaparición de su puerta.

—No hay de qué preocuparse. Van conmigo —le contesté.

La cápsula pareció entenderme y nos confinó en su interior.

—Elija un destino —volvió a decir la programación de la cápsula.

—El *Alcalá Building* —dijo Ricky entrometiéndose en la conversación.

Como yo era el que había demandado el servicio y no el que había dado la orden, la cápsula volvió a solicitarme un destino:

—Elija un destino.

—Llévanos al *Alcalá Building* —le dije.

Enseguida la cápsula empezó a elevarse a gran velocidad.

Me causó bastante impresión percibir la altura que había adquirido nuestro aparato en tan poco tiempo. Además, sus paneles transparentes simulaban que volábamos sin ayuda alguna entre el denso tráfico que generaban las demás cápsulas. Pasábamos tan próximos a los demás aparatos que daba la impresión que en cualquier momento podríamos chocar contra uno de ellos.

Todo cambió radicalmente desde allí arriba. Me encontraba ante un entorno verdaderamente fascinante.

Tras volar entre los cilindros durante más de diez minutos, llegamos frente al *Alcalá Building*. Nuestra cápsula de movimiento se situó ante un cilindro que destacaba por su tamaño respecto a los de su alrededor. Parados frente a este colosal cilindro, la voz programada del aparato nos preguntó:

—¿Qué clase de hospedaje desea, estándar o personalizado?

Ricky me apuntó que estándar, que así correríamos menos riesgo, y eso fue lo que contesté.

Al proporcionar esa orden, la cápsula rodeó medio cilindro. Seguidamente se arrimó a la fachada opuesta de la edificación y nuestro vehículo se introdujo por uno de sus pasajes. Tras un recibidor tipo esclusa en la que abandonamos la cápsula, la puerta que nos ofrecía paso a nuestra habitación se volatilizó.

El pago de aquel servicio no afectó lo más mínimo al crédito de mi *thoughtchip*, ya que este poseía saldo ilimitado.

Pasamos aquella noche disfrutando del lujo que poseía la habitación, aunque no todos por igual. Mi cabeza permanecía obsesionada por descubrir datos sobre Ariel en relación con el cataclismo y a la vez preocupado por si el *SSEM* me andaba buscando. Durante nuestra estancia en el *Alcalá Building* saciamos nuestro apetito, nos aseamos, descansamos, nos desprendimos de nuestras viejas vestimentas y estrenamos unas nuevas que nos ofreció el servicio.

Ricky nos estuvo contando lo mucho que le había costado fabricar ese nuevo microchip. Nos reveló que a pesar de las múltiples ventajas que había conseguido implementar en este, estaba empezando a creer que jamás lograría inventar uno que solucionara el problema de todos los indigentes.

Pasados varios minutos, Ricky compartió conmigo algunas de las funciones que había añadido a su reinvención para garantizar la seguridad del portador. La que me pareció más útil de todas era que si lo necesitaba podía pasar desapercibido ante los androides encargados de la seguridad. Para ello solo tenía que solicitar esa opción vía *thoughtnet* y me haría invisible ante ellos.

A la mañana siguiente abandonamos el *Alcalá Building*. Estaba preparado para encaminarme hacia el impulsor. A mis amigos les tocó volver a sus crudas realidades. Antes de dejarlos en las respectivas grietas del suelo que encaminaban a cada uno a sus respectivos hogares, les recompensé con varios productos de primera necesidad que compré vía *thoughtnet*. Fue un pequeño detalle que quise tener con Nerón y Ricky ya que habían sido mi único apoyo y gracias a ellos iba a poder ir hasta *Nueva Villalva*.

Mi despedida con Ricky fue meramente cordial, pero en cambio, mi despedida con Nerón estuvo rodeada de profundos sentimientos:

—Álex, imagino la pena que sientes por encontrarte solo en esta época. Pero piénsalo, eres un afortunado. Mírame a mí, a la gente de aquí abajo. Tú, en cambio, ahora eres libre para hacer lo que quieras. Piénsate bien las cosas y quítate de la cabeza la idea que llevas de acabar con tu vida —me aconsejó mi buen amigo Nerón—. Sabes que puedes volver aquí cuando quieras.

—Gracias Nerón. Ojalá cambie de opinión y pueda volver aquí para devolverte el gran favor que me has brindado.

—Suerte, amigo —me dijo.

—Cuídate mucho y gracias por todo —le volví a repetir.

Después de mantener con él esta conversación, me introduje de nuevo en la cápsula que me esperaba y ascendí. Reconozco que me fui un tanto apenado por separarme de aquel tipo tan generoso que, claramente, demostraba que necesitaba tener a alguien a su lado. Pero también con el buen sabor de boca de que gracias a mí y a mi historia, Nerón parecía haberse curado de su bipolaridad.

Una vez dejé atrás a Nerón, borré este episodio para centrarme en lo que verdaderamente quería realizar.

Tenía la solución para utilizar el impulsor y podía pasar

desapercibido ante los androides que custodiaban los pasos de materia si lo necesitaba, pero necesitaba conseguir algo para evitar o ralentizar mi contaminación con la radiación de afuera y, por último, pensar una forma que me permitiera regresar a la ciudad. Pero este punto final decidí dejarlo aparte, ya que por mucho que pensaba, no conseguía hallar una solución para ello.

Pensé que iba a necesitar proteger mi cuerpo de alguna manera cuando estuviera fuera de la cúpula, así que se me ocurrió la idea de presionar mi *thoughtchip* para comprar un traje que cumpliera con esa función. Nada más hacerlo, la cápsula cambió su dirección y me llevó hasta un pequeño establecimiento situado en la fachada de uno de los cilindros. En él me encontré ante lo que aparentaba ser un traje *antirradiación* que parecía haber sido expuesto en ese expositor expresamente para mí. Cuando bajé de la cápsula para recogerlo una voz informatizada me dijo:

—Traje de seguridad de nivel tres. Este traje es capaz de protegerle a usted durante cuarenta y ocho horas en las zonas del exterior con leve índice de radiación. Para un control personal dispone de un dispositivo situado en el antebrazo con el que podrá evaluar constantemente su estado. Gracias por comprar en comercios *Thorking*.

HALLAZGOS

Después de comprar el traje *antirradiacción*, provisiones para el viaje y una mochila donde guardar todo, indiqué a mi cápsula que mi nuevo destino sería el impulsor. La vestimenta protectora, de momento, también la guardé en la mochila.

Me adentré en una zona donde las estructuras cilíndricas estaban muy próximas entre sí. Mi cápsula no solo realizaba constantes zigzagueos entre las edificaciones, sino que también tenía que ir esquivando el tráfico aéreo de mi alrededor. El viaje hacia el impulsor fue bastante más movido que los anteriores.

Después de un corto periodo de tiempo, el aparato descendió y se posó junto al acceso del impulsor. Al salir, la voz programada de la cápsula me deseó que tuviera un día excelente.

El aparato me dejó en una pequeña explanada en la que varios pasajes semejantes a las antiguas bocas de metro se adentraban bajo el suelo para que la gente se dirigiera a pie hacia los diferentes destinos del impulsor. Un luminoso flotante junto a cada una de estas entradas indicaba cuáles eran sus destinos. Entre los de *Oporto, Marrocabat, París, Múnich* y *Fráncfort*, encontré el mío: *Nueva Villalva*, y me adentré por él.

Al descender por la entrada de *Nueva Villalva* aparecí ante un amplio y luminoso túnel donde las personas formaban una ordenada fila. Allí esperaban a que les llegara su turno para introducirse en el impulsor. Al llegar hasta el gentío, guardé mi lugar en la cola, como lo hacían los demás.

A nuestra izquierda, a unos tres metros de altura, había un conducto transparente de unos dos metros de diámetro. En su interior se veía cómo llegaban las vainas del impulsor.

La fila de personas avanzaba rápidamente. Cada dos minutos uno de estos habitáculos partía hacía *Nueva Villalva* con cuatro ocupantes. Más adelante, las personas accedían a estas vainas por una abertura que albergaba el canal. Este hueco coincidía con el interior de los habitáculos, cuando la vaina que se situaba a su altura abría su compuerta. De este modo se podía acceder al interior de ellas, directamente desde el exterior a la tubería. Junto al acceso, dos androides con aspecto humano se encargaban de que las personas accedieran al impulsor correctamente, que guardaran un orden y que pagaran las tasas del viaje.

En ocasiones, también se encargaban de ayudar a subir a algunas de las personas por los peldaños que separaban el suelo de la entrada a las vainas, ya que la costumbre de subir escalones se había perdido, y subir tantos seguidos se había convertido en una tarea algo complicada para algunos de los habitantes de aquel tiempo, la verdad es que sorprendía ver esa precaria escalera junto a aquel sofisticado e innovador sistema de viaje.

Cuando llegó mi turno, los androides me indicaron que para viajar me debía colocar la mochila en el pecho, y así lo hice. Seguidamente, me adentré en el habitáculo del impulsor. Mi falso *thoughtchip* parecía funcionar perfectamente. Con él realicé el pago correspondiente al viaje y pude pasar ante los androides como uno más, sin que dudaran lo más mínimo de su autenticidad. Una vez nos ubicamos los cuatro en nuestros asientos y nos abrochamos las cintas de seguridad, la vaina cerró su compuerta.

El impulsor comenzó a deslizarse delicadamente por el interior del conducto. Después y sin previo aviso, una gran explosión de velocidad hizo que quedara pegado a mi respaldo durante todo el trayecto. Aproximadamente en unos cuarenta segundos llegué a mi destino y el habitáculo comenzó a frenar.

Los cuatro ocupantes tuvimos que ser ayudados para salir por los androides, ya que nos encontrábamos aturdidos por la velocidad del trayecto. Aunque en esos momentos el viaje me había causado malestar, no podía poner ninguna pega a la efectividad que tenía aquel nuevo medio de transporte.

Una vez me recompuse, me dirigí hacia la superficie. Allí me encontré ante un área idéntica a la última que había pisado en Madrid.

La ciudad tenía el mismo aspecto de la que provenía, salvo en un notable detalle: por todas partes había publicidad que parecía poseer vida propia. La mayoría de las edificaciones cilíndricas mantenían a su alrededor luminosos o pantallas flotantes de intensos colores.

Demandé una cápsula de movimiento para moverme por *Nueva Villalva*. Antes de dirigirme hasta los pasos de materia, pedí a mi aparato que volara libremente por la ciudad. Quería ver el atractivo que tenía *Nueva Villalva* que, por cierto, me recordó bastante a *Las Vegas* en pleno auge.

Desde las alturas avisté que el suelo de entre los cilindros, al igual que en el estado de Madrid, albergaba grandes grietas que se sumergían en el terreno. Sin embargo, lo que más seguía llamando mi atención era la gran multitud de luminosos publicitarios que flotaban junto a los edificios. Uno de ellos decía:

«Nueva Villalva, la ciudad ideal para realizar tus compras», y a continuación publicitaba una habitación de un prestigioso hotel de

la metrópoli.

En otro se podía leer:

«Invierta su crédito en Nueva Villalva y compre los mejores productos del mercado», y en la imagen aparecían diferentes lotes de comida envasada.

Ese tipo de comentarios aparecían en los luminosos flotantes justo antes de cada producto. Claramente *Nueva Villalva* estaba enfocada para que la gente de otros estados gastara allí el crédito de sus *thoughtchips*.

Ordené a mi cápsula que se moviera más despacio. Cada luminoso con el que me encontraba me resultaba más atractivo que el anterior. Creo que aquellas luminiscencias tenían algo especial, quizás algo atrayente que te hacía caer en la tentación de presionar tu *thoughtchip* mientras las observabas.

De pronto, en un anuncio publicitario no muy próximo a mi posición, apareció el rostro de un individuo un tanto peculiar que llamó mi atención. Para mi sorpresa, la cara de ese hombre me resultó conocida, aunque en aquellos momentos no asimilé a quién me había recordado, ordené a mi cápsula de movimiento que me colocara frente a aquella pantalla. Por más que centraba mi atención en él, no conseguía esclarecer por qué sus rasgos faciales habían llamado tanto mi atención. Era un anciano de unos ochenta años que parecía haberse hecho una operación de cirugía estética en la cara para disimular muchas de sus arrugas.

Presté más atención al anuncio para ver si de una vez por todas sacaba una conclusión de por qué estaba allí mirándolo. Aquel individuo hablaba de los diferentes servicios que ofrecía en su agencia de viajes espaciales. Habló de viajes orbitando la Tierra, a la

Luna, a Marte, viajes de larga duración por el sistema solar y de algunas cosas más.

De pronto, uno de los gestos que hizo en su explicación, me recordó a Manuel Sánchez, mi antiguo jefe. Desde ese momento me pareció que se asemejaba cada vez más a él. Tanto que llegué a especular que quizás ese hombre podría ser el mismísimo Manuel. Sin embargo, cuanto más lo pensaba más me daba cuenta de que eso era imposible.

Aunque seguía sin poder olvidar esa idea, empecé a valorar la posibilidad de que si tanto parecido tenía con Manuel, aquel personaje podría simplemente ser un nieto o bisnieto de alguno de los familiares de él. O incluso que mi cerebro me hubiera jugado una mala pasada y que aquel individuo no tuviera relación alguna con mi antiguo jefe. Tuve que apartarme de aquella publicidad para poder intentar eliminar lo antes posible esa idea que rondaba en mi cabeza. En lo que verdaderamente quería centrarme era en llegar hasta mi antiguo hogar.

Mi cápsula aterrizó cuando llegué a las proximidades de los mantos magnéticos que delimitaban *Nueva Villalva*. Al salir de ella, a unos cien metros de mi posición, observé cómo surgía del suelo el gran campo magnético que se elevaba envolviendo la metrópoli. Era impresionante estar tan cerca de los lindes de la ciudad donde aquella especie de fachada se alzaba poderosa curvándose sobre Nueva Villalva para así dar forma a esa colosal burbuja que protegía la vida en su interior.

Volví mi vista sobre el terreno. Al hacerlo observé cómo un grupo de androides militarizados custodiaban los pasos de materia. Antes de seguir avanzado, abrí mi mochila, desplegué el traje *antirradiación* que había comprado y me lo puse encima de la ropa que llevaba. Sin abrocharme la máscara de gas, colgué de nuevo la mochila a mis espaldas y caminé con paso firme hacia los arcos que delimitaban la salida.

Por el momento no tenía un plan establecido para volver a entrar en *Nueva Villalva.*

En cuanto me acerqué a los arcos, los androides se interpusieron en mi camino.

—¿Qué hace aquí? —me dijo uno de ellos.

—Quiero salir.

—¿Tiene autorización para hacerlo?

—No la tengo.

—Si no posee la autorización para ingresar de nuevo en *Nueva Villalva* no podrá volver —me avisó.

—De acuerdo. No voy a regresar.

—¿Está seguro?

—Sí, completamente. —Fue lo último que le contesté.

A continuación, el androide extendió su brazo acercándome un documento luminoso.

—Por favor, selle aquí.

Entendí que debía tocar ese documento con la mano para establecer alguna clase de firma en él. Eso fue lo que hice.

—Muy bien, ya puede salir.

Antes de seguir avanzando, me abroché la máscara de gas. Al hacerlo, el traje se activó y el dispositivo de mi muñeca comenzó a hablar:

—Traje en funcionamiento. Radiación ambiental cero por ciento.

Los pasos de materia aseguraban el interior mediante dos protecciones que nunca se abrían simultáneamente, de forma que nunca penetraba la radiación al interior de la urbe. La primera capa desapareció ante mí, ofreciéndome paso al interior del pequeño habitáculo de contención. Enseguida reapareció a mis espaldas, dejándome por un instante encerrado entre las dos láminas magnéticas. Cuando la segunda protección se abrió, pasé con valentía por ella. Al otro lado había dos nuevos androides que hacían guardia en el exterior y dejé atrás el estado de *Nueva Villalva*, sabiendo que no podría volver.

Una vez en el exterior, lo primero que hice fue prestar atención al dispositivo de mi traje. A pesar de haber abandonado la cúpula seguía indicándome que la radiación ambiental era del cero por ciento. Levanté la mirada para contemplar mi alrededor y otear el horizonte. Por fin, después de doscientos dos años pude ver el azul natural que seguía teniendo el cielo.

El dato de que *Nueva Villalva* había surgido entre las antiguas ciudades de Álava y Villarreal me hizo deducir que me encontraba justo al sur de mi antigua residencia, por lo tanto, tenía que caminar hacia el norte —que no sabía dónde estaba—, así que comencé a caminar hacia el frente.

Me encontré ante un territorio desértico. Parecía como si el campo magnético que envolvía *Nueva Villalva* no hubiera permitido crecer ninguna clase de planta en su alrededor más próximo. Digo esto porque hasta que no caminé varios centenares de metros no divisé pequeños árboles y arbustos en la lejanía. Sabía que estos árboles me ofrecerían la oportunidad de poder hallar el norte si encontraba humedad en sus troncos y así fue, me lo indicaron.

Emprendí mi camino en la dirección adecuada. Cuanto más me alejaba de *Nueva Villalva*, más irregular era el terreno por el que caminaba. Las plantas y arbustos desaparecieron de mi alrededor y otra vez me encontré atravesando una zona desértica.

Comenzó a destacar el color de algunas piedras del yermo que transitaba. Estaban tan oscurecidas que parecían estar quemadas, pero pronto descubrí que la radiación del lugar era la causante de aquellas tonalidades.

«Radiación ambiental del cinco por ciento. Autonomía del traje en marcha, le quedan cuarenta y ocho horas de uso», me dijo el dispositivo de mi traje mientras me alertaba con pitidos.

En absoluto me preocupó aquella advertencia ya que antes de salir estuve concienciado de que realizaría el viaje entero rodeado de radiación.

Cuando cayó la noche, el traje encendió dos ledes automáticamente. Gracias a estas luces ubicadas a la altura de mis hombros pude caminar durante toda la noche.

Al salir el sol realicé un alto en el camino, necesitaba recargar mis energías. Para ello comí un par de dosis de comida envasada que llevaba en la mochila. A pesar del riesgo que corría tuve que desabrochar parte de mi máscara para poder llevarme la comida hasta la boca. Necesitaba estar listo y recobrar fuerzas para realizar cualquier esfuerzo que necesitara hacer más adelante.

Tras el breve descanso retomé mi andadura. Ya me quedaba poco para llegar. A lo lejos se empezaron a divisar las pequeñas elevaciones montañosas que rodeaban Bilbao, mi antigua ciudad.

Unos metros más adelante, el dispositivo de mi traje protector volvió a pitar:

«Radiación ambiental once por ciento. Le quedan treinta horas de autonomía».

En esta zona la contaminación era más alta que en las anteriores. Había aumentado considerablemente el número de piedras oscuras sobre el terreno y la arena también había empezado a adoptar ese mismo color. Por suerte no me topé con ningún gran obstáculo que sortear y pude ir en línea recta hasta las montañas. Cuando llegué, ascendí por la ladera de ese enorme montículo montañoso. Al otro lado del macizo, en la falda de esa montaña, debía de encontrarse mi casa. Al ver que me quedaba poco camino, comencé a descender ansiosamente.

Con cada paso que daba mientras avanzaba ladera abajo se desprendían y rodaban pequeñas piedras entre mis pies. Mientras seguía bajando por la ladera empecé a observar mi alrededor. La zona mostraba la gran magnitud que debió tener el terremoto. No existía ninguno de los chalets que antiguamente divisaba desde mi casa. La mayoría habían quedado enterrados y solo se podían ver entre las piedras cómo sobresalían algunas partes de sus tejados. Varios metros más abajo me encontré una gran cantidad de fragmentos de las fachadas de otros chalets, esparcidos y compactados con el terreno. El cataclismo había borrado todo lo que existió en aquella zona. Por primera vez me imaginé cómo debió adueñarse el caos del lugar aquel fatídico día.

De repente, la unidad de mi traje pitó de nuevo:

«Radiación ambiental catorce por ciento. Le quedan veintinueve horas y treinta y dos minutos de autonomía».

Minutos después llegué a la falda de la montaña donde debía de estar mi casa. Pero en vez de encontrarme con restos de ella, me hallé frente a una gran depresión del terreno que se alargaba hasta donde comenzaban las ruinas de la antigua ciudad. Aquel hundimiento nacía justo donde tenía que haber encontrado algo de mi antiguo hogar. Aquello era una muy mala noticia. Mi casa se la había tragado aquel enorme socavón, y si Ariel hubiera estado dentro... bueno, no quiero ni pensar lo que hubiera pasado.

Me acerqué al borde y pude ver que era imposible descender ese desnivel sin acabar rodando cuesta abajo. Unos sesenta metros me separaban del fondo de la depresión, así que me encontré frente a lo que parecía ser un descenso imposible y sin ninguna prueba de mi casa que me indicara algo.

El suelo del borde no fue lo suficientemente sólido como para soportar mi peso durante más tiempo y se resquebrajó bajo mi pie izquierdo. Esto me hizo caer dando tumbos por aquel declive, junto a los grandes terrones de arena compacta que se habían desprendido del borde. Esto provocó avalanchas de tierra a mi alrededor. El terreno sobre el que seguía descendiendo pasó a ser de tierra fina y polvorienta. Durante mi caída rodé sobre varias rocas recibiendo algún golpe que otro. Mientras esto ocurría, no conseguí ver nada más que la nube de polvo que me envolvía. La velocidad con la que me deslizaba fue aminorando conforme disminuía el desnivel de la pendiente. Pero no fue eso lo que terminó frenando mi descenso, sino algo que enganchó mi mochila cuando aún faltaban unos veinte metros aproximadamente para llegar abajo.

Cuando desapareció la nube de polvo de mi alrededor, me reincorporé. Tan pronto como pude desabroché los tirantes de mi mochila y examiné el estado de mi traje. Por suerte, no sufrió daño alguno. Aquel tramo, menos inclinado, de la pendiente me permitía estar de pie y conservar la estabilidad. Allí, la tierra parecía estar más suelta que la de arriba. Tanto, que se asemejaba mucho a la arena de la playa.

Cuando me fijé en el objeto que había enganchado mi mochila frenando en seco mi caída, no pude evitar sobresaltarme. Era un trozo de forja correspondiente a la valla de mi casa. Al excavar alrededor del objeto con mi brazo metálico y ver que me resultaba muy fácil hacerlo, continué. Cuando había destapado casi diez metros de verja, decidí excavar aleatoriamente por las inmediaciones para ver si era capaz de hallar algo más. Efectivamente, algo más desenterré, aunque nada importante que me revelara lo que quería saber. Bajo la arena me encontré con dos trozos de la pared del baño, tres tejas, un macetero de barro y un trozo de madera de nuestra cama.

El estado en el que había encontrado mi chalet, o mejor dicho, las pruebas que indicaban que se encontraba destrozado bajo la arena, me hicieron comprender que iba a ser imposible conocer más sobre lo que vivió Ariel. Lo único que había esclarecido y me estaba costando asimilar era que el terremoto había aplastado y engullido mi hogar, y lo más probable, con Ariel en su interior. No me quedaban fuerzas para seguir escarbando. Además, pensé que si seguía haciéndolo podría ver cosas que no me agradarían. Así que paré, ya era suficiente.

Invadido por el cansancio y la pena que me había ocasionado encontrarme mi hogar de aquella manera, me derrumbé sobre la arena. Por unos instantes pensé en agotar allí el tiempo de autonomía que le quedaba a mi traje. Estar tan cerca de Ariel, de mi hogar y a la vez tan distante en el tiempo, me hizo recordar todos los momentos y sentimientos que viví anteriormente allí, junto a ella.

Aunque tan solo se reflejaban los rayos del sol en el plástico de mi máscara, fueron suficientes para hacerme recordar las mañanas que tomaba el sol con Ariel sobre el césped de mi jardín. El sueño o quizás la alucinación que se estaba adueñado de mí, me hizo sentir de nuevo el bienestar y las sensaciones de la última vez que tomé el sol junto a ella. Una paradoja *espacio-temporal* me condujo a revivir aquella mañana en la que recibí la fatal llamada de Manuel para que asistiera a la reunión, pudiendo clasificarla como el principal desencadenante de mi situación actual. Una vez más, parte de mi vida pasó ante mí al igual que en el proceso de la máquina. De esa forma comencé a soñar despierto.

Nos duchamos nada más despertar y como cada día, salimos a aprovechar los primeros rayos de sol. Después Ariel hizo café, tal y como tenía por costumbre. Tras acabármelo, y mientras Ariel se terminaba el suyo, comencé a cortar las malas hierbas de mi jardín. Varios minutos más tarde sonó el timbre de mi teléfono.

Pronto mi sueño se interrumpió y me puse de pie en la arena. No solo había recordado aquellos dulces momentos, la llamada de Manuel o la reunión del día siguiente, sino que también aparecieron ante mí todos los detalles del extraño episodio que viví en los sótanos de la casa de Manuel. Cuando me disponía a aparcar mi vehículo en el segundo nivel de cocheras donde bajé aquel día por primera vez, y dos guardias ajenos al servicio de seguridad de la casa impidieron mi paso. Me hicieron retroceder rápidamente con ademanes bruscos y tuve que volver al nivel superior de los sótanos.

Tenía que aprovechar que me encontraba cerca de la mansión de mi antiguo jefe para ver si era capaz de esclarecer algo respecto al tema. Mi situación era la que era y no iba a poder hacer nada para recuperar mi antigua vida, pero quizás antes de morir podría desvelar de una vez por todas qué era lo que escondía Manuel bajo su casa. El por qué todo el mundo de mi tiempo rumoreaba sobre el asunto.

El dispositivo de mi traje me indicaba que aún disponía de veintisiete horas y cincuenta y dos minutos para ello, tiempo suficiente para, por lo menos, llegar y explorar lo que quedara del hogar de Manuel. Así que, sin perder ni un instante más, comencé a descender para llegar en el menor tiempo posible a mi nuevo destino.

Más adelante me adentré en las ruinas de la ciudad, lo que se veía de ella. Otra vez me encontré ante un paisaje donde el suelo había engullido la mayor parte de las construcciones. Únicamente sobresalían sobre aquel arenoso suelo pedazos que correspondían a los antiguos tejados y terrazas de los edificios.

En aquel lugar la radiación ambiental había descendido hasta en un cuatro por ciento. Tuve que cruzar un pequeño saliente de unos tres kilómetros de lo que quedaba de la ciudad para llegar a la mansión de mi antiguo jefe. Jamás había estado antes en una ciudad tan desolada. Conforme avanzaba, el paisaje fue cambiando. Más adelante empezaron a verse asomar sobre el terreno fragmentos más voluminosos de las construcciones. Algunas edificaciones parecían haber sobrevivido al terremoto respecto a todo lo demás, manteniendo en pie sus plantas más bajas.

La finca de Manuel tampoco había sido tragada totalmente por la tierra. Le había sucedido igual que las construcciones de las afueras de la ciudad que acaba de dejar atrás. Su gran extensión terrenal había sufrido de otra forma. Algunas partes de la casa parecía que habían sido demolidas y diseminadas sobre el terreno mientras que otras permanecían sumergidas bajo la tierra. Alrededor de su casa se habían formado algunos socavones.

Pasé entre el amasijo de escombros con sumo cuidado de no tropezar. Las torres de vigilancia que antiguamente se ubicaban en cada una de las esquinas de la finca estaban partidas y dobladas como si fueran plastilina. Existían algunas zonas donde la maleza comenzaba a brotar entre los escombros y otras donde se había adueñado completamente de las ruinas de la mansión. Entre aquella extraña vegetación destacaban unas gruesas y exóticas enredaderas de gran tamaño.

Conseguí abrirme paso entre tanto caos hasta llegar a un amasijo metálico que había justo en el lugar donde anteriormente se encontraba la entrada principal de la mansión. Cogí un trozo de hierro y lo utilicé a modo de palanca. Con él retiré algunas piedras con la intención de abrir un hueco para poder adentrarme en el interior de la casa. Al apartar algunas piedras con mi improvisada herramienta se desprendieron dos grandes bloques que logré evitar a tiempo. Tuve que cambiar mi estrategia. Me di cuenta de que así no conseguiría nada, solo quedar sepultado entre los escombros.

Decidí rodear el gran montículo para intentar hallar la forma de entrar por la parte trasera. Al hacerlo, me encontré con un socavón que penetraba hasta la primera planta de garajes. Así que, por una vez tuve suerte. Aquel agujero me conducía directamente donde yo quería. Para bajar utilicé un trozo de las gruesas enredaderas que he mencionado. Con ellas improvisé una cuerda con la que pude descender al interior del agujero.

Allí abajo los ledes de mi traje volvieron a encenderse. La mayoría de los vehículos que había en aquel primer nivel de cocheras estaban sepultados bajo los trozos de techo que se habían desplomado. Sin entretenerme mucho, me encaminé hacia el túnel que me llevó hasta el nivel inferior.

Lo primero que vi al descender a la segunda planta fueron dos columnas de hormigón derribadas y esparcidas encima de dos cadáveres. O, mejor dicho, sobre sus esqueletos. Mientras caminaba observé más restos óseos entremezclados entre el amasijo de escombros y hormigón. ¿Serían aquellos los cuerpos de los guardias con los que me encontré en aquel mismo lugar, hacía doscientos dos años?

Más tarde, al dejar atrás semejante panorama, me encontré ante la misma persiana que llamó mi atención el día de la reunión. En ella seguía indicando: *«PROHIBIDO EL PASO, ZONA RESTRINGIDA».*

Tiré de la persiana hacia arriba para abrirla, pero solo se abrió unos treinta centímetros del suelo. Su mecanismo interior debía estar dañado a causa del seísmo así que no tuve más remedio que arrastrarme por el resquicio. A continuación, descendí por una rampa que giraba a la derecha, hasta que me encontré frente a una puerta de seguridad con un teclado adosado que requería una contraseña para abrirse. La única forma que se me ocurrió para poder traspasarla fue descolgarla de sus bisagras.

Volví arriba en busca de algún objeto contundente que me permitiera golpear los pernios hasta sacarlos de los orificios de las bisagras. En concreto buscaba dos: uno que me sirviera de martillo y otro de cincel.

Me llevó dos horas desmontar a golpes las bisagras y desencajar la puerta de su marco. Cuando lo hice, el peso de la puerta me venció y se desplomó a mi lado.

EL PROYECTO

Gracias a la luz de mi traje, que me permitía ver mi entorno más próximo, pude comenzar a investigar por el recinto. Parecía como si el interior de aquella sala no hubiera sido víctima de la hecatombe. A duras penas me encontré con algún desprendimiento que otro, pero nada comparable con los derribos y el caos de las plantas superiores. Los aparatos de aquel lugar que, por cierto, me resultaban mucho más familiares de los que había visto últimamente ya que eran simples ordenadores y monitores, permanecían colocados en sus respectivos lugares.

El lugar azuzó mis pensamientos para que se formularan dos grandes preguntas: ¿qué había tratado de ocultar anteriormente Manuel allí? y ¿era aquello el motivo por el que había excedido tanto la seguridad de su morada? No solo estaba dispuesto a encontrar respuesta a estos dos dilemas, sino también a llegar al fondo del asunto.

En el mismo momento en el que me decidí por inspeccionar detenidamente cada rincón del lugar, por pequeño que fuera, la voz de mi traje me volvió a informar:

«Radiación ambiental cero por ciento. Le quedan veinte tres horas de autonomía».

Junto a uno de los esquinazos de la pared encontré el cuadro de luces que controlaba el suministro eléctrico de la sala. Aunque parecía estar en perfecto estado, me imaginé que no funcionaría. ¿Qué o quién iba a suministrar energía hasta allí si se suponía que solo existían recursos de aquella índole en el interior de las cúpulas? Pero aun así accioné, de uno en uno, los trece interruptores del cuadro con la ligera esperanza de que al hacerlo reaccionara alguno de los aparatos. Para mi sorpresa, la iluminación de la planta se encendió. ¿Cómo podía haber energía eléctrica en aquel lugar? Recordé que Manuel también era propietario de una gran empresa que se dedicaba a la innovación y fabricación de baterías y sistemas de acumulación de energía de toda clase. Seguro que había instalado alguno de estos sofisticados sistemas en su casa y, por alguna razón, seguía teniendo carga después de tanto tiempo. Lástima que no se activaran también los ordenadores ya que me hubiera permitido intentar sonsacar directamente información de ellos.

A partir de ese momento pude contemplar mejor todo lo que me rodeaba. Pronto, mi atención se vio atraída por el desorden de papeles que había sobre una de las mesas en la que no había ordenador. Me acerqué hasta ella para ver qué podía encontrar y, cuando lo hice, me topé con multitud de documentos. La mayoría de ellos contenían fórmulas y ecuaciones matemáticas que no pude entender. Aunque no todos los apuntes eran matemáticos. A un lado del desorden de papeles, encontré un extenso dosier de unos trescientos folios cuyo título llamó exuberantemente mi atención: *«PROYECTO MATUSALÉN».*

Me hice con aquel taco de papeles y me lo llevé sobre otra mesa que permanecía totalmente desocupada. Lo abrí y comencé a ojear sus páginas.

Algunos de sus folios indicaban unas pautas a seguir, que supuestamente conseguían alargar la vida de una persona de manera espectacular. La verdad es que no fui capaz de entender casi nada de lo que había en las primeras páginas de aquel dosier, todo estaba entremezclado en un mar de ecuaciones y simbología desconocida para mí, al igual que las hojas que encontré anteriormente desbaratadas sobre la mesa. Más adelante, el dosier comenzó a ahondar en temas como la genética, los ciclos de la vida, la rotación de la Tierra, el concepto del tiempo y cuestiones similares. Sin embargo, lo que más se repetía en aquel extenso texto científico era una especie de fármacos antienvejecimiento y de inyecciones periódicas de *leritacmol*, algo desconocido para mí. Todo parecía indicar que habían logrado fabricar aquellos avances, puesto que casi al final de ese cuaderno aparecían muestras fotográficas de los fármacos y de las inyecciones.

Si algo me quedó claro después de revisar todo aquello fue que Manuel trató de hallar, bajo su mansión, un modo de alargar su existencia desafiando las leyes de la naturaleza.

Meditando bien sobre el asunto, no me resultó tan extraño después de haber conocido los antecedentes y las inquietudes personales que tuvo Manuel en su vida. Como mencioné al principio, vivió siempre obsesionado con su edad, preocupado por mantener su aspecto juvenil y de no envejecer, realizándose continuados estiramientos de cutis. Aun así, en aquel momento dudé de la fiabilidad del proyecto.

Catalogué lo recién descubierto como algo totalmente ficticio que distaba de ser factible. Alguna parte de mi raciocinio me hizo conjeturar que lo más probable fuera que el *Proyecto Matusalén* acabara siendo un delirio de Manuel y que hubiera quedado inacabado.

De repente, mientras mis pensamientos se mantenían aún en el aire, sin decantarse totalmente por algo en concreto sobre el asunto, recordé el luminoso publicitario de *Nueva Villalva* y con él, el rostro de aquel individuo que llamó tanto mi atención por su notable parecido con Manuel. ¿Habría conseguido mi antiguo jefe sobrevivir al terremoto, terminar su proyecto y por lo tanto, el señor del luminoso era él? En aquel momento mis pensamientos dieron un giro de ciento ochenta grados. Empecé a convencerme de que aquel señor, el cual publicitaba su empresa de viajes espaciales en *Nueva Villalva*, era Manuel; que de alguna forma había logrado alargar su vida tal y como daba a entender el *Proyecto Matusalén*.

El espacio y los limitados medios de la sala me parecían escasos para una investigación de tanta envergadura. Si de verdad se había llevado a cabo, mi antiguo jefe tuvo que recibir ayuda de alguna corporación científica, ya que allí únicamente había ordenadores y papeles. Aunque no creo que eso fuera un gran hándicap para él, puesto que siempre había mantenido fuertes lazos con las corporaciones más importantes y tecnológicas del mundo.

Me dispuse a registrar más en profundidad cada rincón de la sala. Todo lo que encontré hablaba más de lo mismo y cada documento que leía era una prueba más de que la intención de mi antiguo jefe se había convertido en realidad.

A pesar de haber analizado con la mirada, uno por uno, cada metro cuadrado de aquel recinto, hubo algo que pasó desapercibido ante mí durante todo ese tiempo. Bajo un pequeño montículo de fragmentos de yeso, que debieron desprenderse de la pared el día del terremoto, parecía haber algo. Los aparté y me encontré ante lo que aparentaba ser un acceso más hacia otro nivel inferior. Estoy hablando de un cuarto subnivel respecto a la superficie. Sin pensármelo demasiado me introduje en él.

«Radiación ambiental cero por ciento. Le quedan veintidós horas de autonomía», me informó mi traje justo en el momento que me adentré por la trampilla.

Como desde hacía rato me encontraba en una zona segura,

procedí a desabrochar la máscara de mi traje. Necesitaba respirar libremente. Me había empezado a agobiar. Al hacerlo, el dispositivo de mi traje inteligente cesó su cuenta atrás, reservando la totalidad de las veintidós horas restantes para cuando volviera a conectar mi máscara.

La iluminación de esta sala estaba encendida. Debió activarse cuando accioné los interruptores que encontré en la planta superior. A mi derecha destacaba una gran mesa con aspecto de puesto de mando con multitud de botones. A mi izquierda pude ver unas compuertas de cristal opaco que ocupaban la totalidad de la fachada.

Durante varios minutos intenté desvelar la finalidad de aquella gran mesa de mandos sin tocar lo más mínimo de ella. Pero frustrado por mi intentona y atraído por su atrayente rareza, acabé presionando la que pareció ser la tecla correcta. Esto desencadenó la activación del resto de botones y de unos pequeños monitores que habían pasado, hasta el momento, desapercibidos para mí.

Minutos después seguía sin tener ni la más remota idea de para qué servía todo aquello y, menos aún, qué relación podía tener eso con el dosier que había descubierto en la planta de arriba. Por el momento decidí no tocar nada. A continuación, me levanté para ver si podía abrir las puertas de cristal situadas a mis espaldas. Si conseguía ver qué había al otro lado, quizás reuniría más detalles para poder entender de una vez todo aquello. Sin embargo, a pesar de que tiré de ellas con todas mis fuerzas, no se movieron lo más mínimo.

De repente, una voz surgió a mis espaldas desde la mesa de mandos:

—¡Alto, no toques nada más!

—¿Quién habla? —dije totalmente desconcertado y un tanto

aterrado.

—Seas quien seas, no debes de estar ahí. Menos aún tocar máquinas que desconoces. No sé cómo habrás logrado entrar, pero te aconsejo que salgas inmediatamente por donde has entrado.

Esa voz era la misma que escuché en el cartel publicitario en *Nueva Villalva*. Ahora ya me había convencido totalmente de que el tipo del anuncio era Manuel y el mismo que en ese momento me hablaba.

—Manuel soy yo, Álex.

—Vas a lamentar haberte colado allí abajo —me seguía diciendo su voz, como desde ninguna parte.

—Manuel, ¿me escuchas?, soy Álex.

—No conozco a ningún Álex; además, no juegues conmigo.

—Soy Álex Esteban Garrido, miembro de tu seguridad. Te acompañé a *Frigoma* en el año 2017. —Manuel enmudeció y yo proseguí—. Sé que esto te parecerá algo increíble. No sé de qué manera comenzar a explicártelo todo, pero debes creerme.

—Me parece increíble lo que me estás contando —me contestó Manuel pensando que todo esto pudiera ser una encerrona de alguien que quería boicotear su proyecto—, me estás mintiendo, así que voy a activar el botón que hará estallar mi finca en mil pedazos. Creía que no iba a tener que pulsarlo jamás, pero por lo visto no tengo más remedio.

—Espera, puedo demostrarlo. Si pudieras verme… —le dije en el momento que descubrí que su voz se emitía a través de los altavoces que poseía la mesa de mandos.

Estas últimas palabras hicieron que el diálogo con Manuel se silenciara de nuevo unos instantes.

—Te ordeno que tomes asiento frente a los monitores y que a mi señal presiones la tecla azul de la tercera fila del bloque de botones de tu derecha. Si cuando se inicie la videollamada no eres la persona que dices ser, haré lo que te he dicho y te aniquilaré junto a mi casa.

—De acuerdo, ya estoy sentado —contesté rápidamente.

—¿Has identificado la tecla?

—Sí.

—Presiónala.

—Vale, ya está —dije mientras realizaba la acción.

Al hacerlo, en los monitores apareció el rostro envejecido de Manuel. Su semblante no solo denotó que él también me veía, sino que me reconoció.

—¿Álex? —me dijo extrañado.

—Sí, soy yo, ya te lo dije.

—¿Cómo...?

—Como te he mencionado, es una historia muy larga y difícil de explicar.

En ese mismo instante comenzó entre nosotros una extensa conversación en la que en primer lugar hablamos de mí. Compartí con él toda mi historia, desde mi recuperación hasta ese mismo instante, recreándole mi fuga del *SSEM.*, la ayuda que recibí de Ricky y Nerón, el implante de mi *thoughtchip* y mi visita a *Nueva Villalva.*

—¿Por qué te trasladaste de Madrid a *Nueva Villalva*? —me preguntó interrumpiendo mi historia.

—Porque, aunque empecé a asimilar que Ariel, mi pareja, ya no estaba, me invadió una gran necesidad de averiguar de qué manera vivió y cómo le afectó la catástrofe. *Nueva Villalva* me permitía acercarme considerablemente hasta mi hogar para emprender mi camino desde allí.

Tras mi contestación, la mirada de Manuel pareció iluminarse y, ahora que lo pienso mejor y después de haber atado cabos sobre el asunto, denotó que poseía información sobre el tema, aunque en aquellos momentos no me percaté de ello.

—¿Llegaste hasta tu casa?

—Por supuesto, pero prefiero no recordar ese episodio. Después de aquello, decidí venir hasta aquí para ver qué quedaba de mi antiguo lugar de trabajo y, para mi sorpresa, me he encontrado primero con tu proyecto secreto y después contigo.

—Álex, creo que te debo una buena explicación de todo esto. Bajo mi casa, tal y como has descubierto, llevé a cabo una gran investigación ya que quería lograr vencer a la vejez y a la muerte, que al igual que todos los humanos, tanto temo.

»Mis científicos particulares encontraron una combinación de elementos químicos con los que creamos un fármaco que lograba regenerar el tejido humano de heridas, corazones débiles y de cualquier órgano dañado. A ver, te lo voy a plantear de otra manera para que lo entiendas mejor. Todo nuestro cuerpo se renueva varias veces a lo largo de la vida. Las células viejas o dañadas son eliminadas y sustituidas por células nuevas. Al tiempo que envejecemos, los cromosomas de nuestras células se acortan y dejan de dividirse, por eso se arruga nuestra piel, se atrofian los músculos y los huesos se debilitan. Pues bien, los científicos que trabajaban bajo mi casa desarrollaron una enzima que revertía y alargaba el envejecimiento de las células, reconstruyendo los cromosomas y restaurándolos, consiguiendo así que el cuerpo humano fuera capaz de regenerarse durante muchísimo más tiempo, incluso casi eternamente.

»Sin embargo, el proyecto estaba incompleto porque yo aspiraba a alcanzar la vida eterna con él y la enzima que creamos no era capaz de ello. Más adelante cambiamos la línea de investigación, o mejor dicho, comenzamos a indagar paralelamente sobre el asunto abarcando otros campos. Al hacerlo descubrimos que, combinando las siguientes acciones, podíamos conseguir lo que tanto deseábamos.

»Solo teníamos que orbitar la Tierra a la distancia exacta que nos desvelaron nuestros estudios. Las órbitas había que efectuarlas al contrario del movimiento de rotación de la Tierra y por un determinado trazado, de tal modo que avanzáramos a la misma velocidad que avanzan las franjas horarias, pero a la inversa. Con esto, siempre permaneceríamos en la misma franja horaria, y si lo efectuábamos correctamente multiplicaríamos por siete la cifra de años que viviríamos en condiciones normales sobre la Tierra. Pero nuestro hallazgo no terminó aquí. Nuestros cálculos nos indicaban que cualquier persona que combinara esto último durante trescientos sesenta y cinco años con la ingesta periódica de nuestros fármacos y las inyecciones de *leritacmol*, alcanzaría después la vida eterna.

—Y, ¿cuántos años te quedan para completar el proceso? —le pregunté interrumpiendo su intensivo discurso.

—Te tengo que comentar que, a pesar de haber alargado mi vida hasta hoy, gracias al *leritacmol* y a los fármacos, el proceso ha sido un absoluto fracaso. Cuando se cumplía la cuarta década de permanencia aquí arriba, orbitando el planeta en el interior de mi estación espacial, creada y programada expresamente para que realizara las órbitas justo por donde requería el proyecto, me desvié dos grados del trazado a realizar. Después de esto, no pude restablecer la elíptica perfecta por mucho que lo intenté. Al año siguiente me había desviado tanto del trazado que mis órbitas terrestres no tenían nada que ver con los movimientos del proyecto a seguir. Por eso, aunque lo haya hecho muy lentamente, he envejecido convirtiéndome en el anciano que ves.

—Entonces, ¿por qué sigues allí arriba? —le pregunté.

Tras mi pregunta, Manuel silenció sus palabras durante un rato. Si no hubiera sido por que seguía observando sus movimientos a través del monitor, hubiera pensado que se había cortado la comunicación entre nosotros. Después de realizar un gesto con el que parecía quedarse con las ganas de compartir algo conmigo me dijo:

—Aún puedo hacer algo. No es a lo que yo aspiraba, pero ahora mismo después de saber que sigues vivo, es muy buena opción. Cambiaré mi plan por ti, te lo mereces por todo lo que has pasado. Álex, ¿por qué no vienes y hablamos?

El término «confundido» distaba demasiado del estado en el que quedé después de escuchar sus palabras. ¿Qué estaba queriéndome decir con todo eso? Fuera lo que fuera, qué más daba a estas alturas.

—¿Puedo hacerlo? —le respondí.

—Claro que sí. Al otro lado de las puertas que tratabas de abrir antes, preparé un vehículo espacial de *Flights S.L*, mi anterior empresa dedicada a la fabricación de satélites y cohetes espaciales, para poder trasladarme hasta aquí. Pero al final, su incómodo habitáculo hizo que me decantara por otro modo de viaje menos aparatoso. El único problema es que se encuentra inoperativo y para poder venir con él tendrás que conectar su sistema de alimentación a las colosales baterías que hay bajo mi casa. Como habrás podido comprobar, después de doscientos dos años siguen abasteciendo algunos de los sistemas que han sobrevivido de mi hogar como, por ejemplo, esta mesa de mandos con la que nos estamos comunicando. Pero no te preocupes, yo te indicaré paso a paso cómo hacerlo. Lo primero que tienes que hacer es pulsar el botón r2 sobre la mesa de mandos.

Al hacerlo, las puertas de cristal que guardaban el cohete, se abrieron.

—Ahora escucha con atención, deberás memorizar lo siguiente: cuando te adentres en la cabina donde se encuentra el cohete dirígete a una de las esquinas donde encontrarás una trampilla. Entra por ella. Te encontrarás en un estrecho espacio donde verás unas cajas negras incrustadas en la pared. Ábrelas todas, saca todo el cableado de sus interiores y conecta los extremos a la base de la lanzadera. Es muy sencillo, solo tienes que introducir cada cable en la clavija de su respectivo color. Cuando hayas efectuado todo eso, vuelve aquí.

Una vez realicé todo lo que me indicó Manuel, volví ante los monitores.

—Buen trabajo. Ahora pulsa r4, r5 y la tercera tecla contando desde el botón r5.

—Vale, ya está —le dije cuando acabé de ejecutar esos movimientos.

—Has activado el sistema del cohete. Introdúcete en su habitáculo y asegúrate con sus cinturones. Una vez estés bien amarrado pulsa el botón verde tres veces, dejando pasar varios segundos entre cada vez que lo hagas.

—De acuerdo.

—Espera, colócate la máscara y no te quites el traje *antirradiación*, por si tuviéramos algún problema.

LA VUELTA

El dispositivo de mi traje reanudó la cuenta atrás en cuanto me acoplé la máscara, indicando que me restaban diecinueve horas de protección. A continuación, quité la mochila de mi espalda y la coloqué debajo de mi asiento, entre mis pies. Acto seguido, la voz de Manuel reapareció en el interior del cohete justo después de que pulsara tres veces el botón verde de la forma que me había indicado. De esta forma seguía conectado a mí. Parecía como si después de haberse reencontrado conmigo y haber escuchado mi historia, por alguna razón, no quisiera abandonarme ni un solo momento, y ahora entiendo el porqué.

—Tranquilo, ahora mismo estarás aquí. —Fueron sus últimas palabras antes de que el aparato se pusiera en marcha con un estruendo que me dejó sordo.

Los sistemas de propulsión se activaron y el aparato comenzó a ascender lentamente. El cohete sé despegó con delicadeza del suelo, provocando un denso humo blanquecino que inundó la totalidad de la sala.

Segundos después, se abrió un pasaje que había sobre mí y el cohete penetró por él. Mientras iba por el interior de aquella oquedad hacia la superficie, el aparato activó un segundo sistema de propulsión más potente y aumentó su velocidad. Antes de que me quisiera dar cuenta, había abandonado el pasaje y los brillantes rayos del sol fulguraban en mi ventanilla.

Nada más salir, se encendieron unas pequeñas luces rojas en uno de los paneles. Enseguida empecé a notar cómo la propulsión del cohete comenzaba a fallar. Primero efectuó un par de ruidos extraños, y a continuación, se apagó por completo. El aparato disminuyó rápidamente la velocidad con la que ascendía y comenzó a descender desde unos setenta metros de altura. En ese momento me vi en caída libre, y sin nada que poder hacer para remediarlo, mientras, esperaba el fatal desenlace que acabó cuando el cohete chocó contra el suelo.

El golpe contra el terreno fue tan grande que el cohete se partió en dos pedazos quedando totalmente destrozado. Por suerte no sufrí daños. Los cinturones de seguridad de mi asiento cumplieron con su cometido manteniéndome alejado de las chapas y el metal que se arrugó en el momento del impacto.

Menos mal que Manuel fue precavido al aconsejarme que viajara con mi traje y la máscara puesta, ya que, si no la hubiera llevado, hubiera acabado contaminado al tomar contacto directo con el exterior tras el accidente. Instantes más tarde me liberé de mis cinturones y abandoné aquel aparato, ya inútil.

Lo primero que hice al abandonar el interior del habitáculo fue evaluar los posibles daños que podían haberse ocasionado en mi traje. Por suerte, ni yo ni mi vestimenta sufrimos desperfectos. Únicamente un leve dolor en mi pecho, causado por la presión que habían ejercido en mí las sujeciones al mantenerme aferrado a mi asiento. Aquel pequeño dolor no me impidió poder caminar hasta mi mochila, que había sido despedida fuera del cohete. Más tarde me dirigí de nuevo hasta el socavón que conducía a los sótanos de Manuel. Decidí volver y descender por las cocheras hasta la sala donde había contactado recientemente con mi antiguo jefe, con el fin de restablecer la comunicación con él.

Después de abrirme paso otra vez entre las ruinas de la finca, llegué ante el gran boquete y repetí la misma ruta que me condujo al cuarto subnivel, a la sala donde se encontraba la mesa de mandos que me comunicaba con Manuel.

Todo estaba encendido, tal y como lo dejé, por eso no me hizo falta accionar nada para encontrarme otra vez con el semblante de Manuel en los monitores. Daba la impresión de que me esperaba, siendo conocedor de lo recién acaecido.

—Álex, ¿te encuentras bien? —me preguntó después de constatarme que sabía lo que me había sucedido y que era consciente del estado en el que había quedado su cohete.

—Sí, creo que sí. ¿Ahora qué? —le pregunté un tanto preocupado.

—Lo siento Álex, no sé lo que ha podido ocurrir. Quizás las baterías...

—No lo sientas. Muchas gracias por haberme invitado y ofrecido reunirme contigo —dije interrumpiendo sus disculpas.

—Espera, ¿qué te hace pensar que no puedes seguir viniendo? —me dijo mostrando cierto poder sobre el asunto—, quiero que vengas, además tengo que contarte algo que te interesa.

—¿Sobre qué? ¿Sobre Ariel? —pregunté, ya que no había otra cosa que me interesara.

—Tu destino parece haber estado escrito todo el tiempo. Desde que tengo constancia de tu existencia, he empezado a pensar y relacionar todo. Sin duda, tienes que venir —me dijo dejando a un lado mis cuestiones.

—Pero Manuel, no puedes dejarme con esta incertidumbre, tienes que adelantarme algo, lo que sea. No hagas lo mismo que hizo la gente del *SSEM* conmigo.

—Esto es completamente diferente, no puedo contártelo si no vienes. Pero te diré algo: es sobre Ariel.

Un estado de nervios se apoderó de mi cuerpo justo después de escuchar aquella frase. Ahora comprendo que quizás, uno de los motivos por los que no me quería desvelar nada hasta que no me reencontrara con él, podría ser que era conocedor de lo mucho que me afectaba cualquier cosa relacionada con el tema Ariel. Aunque mis pensamientos se habían enrevesado muchísimo otra vez, algo me decía que esto era diferente a las demás tramas que me habían tocado vivir, si así se pueden denominar. Yo confiaba plenamente en él. No encontraba ningún sentido a que quisiera de alguna forma aprovecharse de mi situación, o jugármela. Además, pienso que algo en nuestras vidas se debió unir la primera vez que nos conocimos como para situarnos a ambos en aquel futuro y aquella situación tan extraña con respecto a nuestro pasado.

—Viniste hasta aquí buscando indicios que te ayudaran a desvelar cómo debió vivir Ariel la catástrofe, ¿no es cierto? Pues lo has conseguido. Yo tengo algo que contarte al respecto, pero solo puedo hacerlo si te tengo delante —me dijo.

—¿De qué manera iré hasta ti? ¿Existe otro cohete? —pregunté.

—Para poder reunirte conmigo debes volver a *Nueva Villalva* y una vez allí...

—No puedo volver a entrar —le volví a interrumpir—. Solicité la salida sin retorno, tal y como te he contado.

—No te preocupes por eso, tengo una posible solución. También me has contado que puedes hacerte invisible ante los androides usando esa opción de tu *thoughtchip* falsificado. ¿De verdad puedes hacerlo?

—Sí, así es.

—Álex, aunque esté aquí arriba sigo siendo un gran empresario en la Tierra. Mi antigua fábrica de cohetes y naves espaciales ha crecido hasta convertirse en la agencia espacial más importante que existe y se ubica en *Nueva Villalva*.

En ese momento no sabía por qué de repente me contaba aquello, pero seguí escuchándole:

—Mandaré a uno de los hombres de confianza de mi empresa espacial a las afueras de *Nueva Villalva* para recogerte. Te esperará próximo a los pasos de materia. Lo haré salir con uno de los muchos pases de salida y entrada que asigna el gobierno a mi empresa para que realicemos investigaciones en el exterior. Cuando regreséis deberás activar esa opción de tu *thoughtchip* antes de que puedas ser visto por los androides que custodian las afueras de los pasos y así pasar desapercibido ante ellos, haciéndoles creer que mi hombre vuelve solo.

La verdad que tal y como me lo explicó Manuel me pareció muy buena forma de volver a la metrópoli.

—Una vez logréis entrar en *Nueva Villalva* os dirigiréis a *New Flights S.A.,* mi empresa. En ella, la misma persona que te habrá recogido te traerá hasta aquí en secreto.

Aparte de esto también me aclaró el motivo por el que no mandaba que fuera a por mí una de sus naves. Aunque pareciera más factible ser recogido directamente de las inmediaciones de su antigua finca por uno de sus vehículos espaciales, no iba a poder ser. Ninguna de sus naves poseía un sistema de acceso de esclusas para evitar que se introdujera la radiación al adentrarme en ellas. Por ese motivo solo tenía la opción de realizar el viaje desde su empresa.

Nuestra conversación no se extendió mucho más. Solo me indicó a qué distancia fuera de la cúpula iba a estar esperándome su empleado y también, que había decidido volar su finca por los aires y lo haría pasado un margen de tiempo considerable desde el momento que me marchara. El hecho de que me hubiera colado allí abajo sin más le hizo cerciorarse de que al igual que yo, alguien más podría entremeterse bajo su casa. Dado que su proyecto, según él, había fracasado, quería borrar de allí cualquier prueba del *Proyecto Matusalén.*

Manuel supo, por la explicación que le di sobre mis vivencias, que no había nada que me motivara más, por eso dejó caer la pista de que lo que tenía que contarme era sobre Ariel. De esa forma se aseguraba de que iba a hacer todo lo posible por llegar de nuevo hasta *Nueva Villalva,* aunque ello supusiera un duro camino de vuelta marcado, sobre todo, por el tiempo de protección que le quedaba a mi vestimenta.

A mi traje le quedaban dieciocho horas de autonomía. Tras despedirme de Manuel comencé a subir rápidamente a la superficie, dispuesto a llegar lo antes posible a *Nueva Villalva.*

Me dispuse a recorrer el mismo camino por el que había logrado llegar hasta allí. Atravesé de nuevo los tres kilómetros del saliente de la antigua ciudad de Bilbao que había pateado anteriormente. Este me condujo a los límites del gran agujero en el que me encontraba. Una vez llegué a la inclinación por la que anteriormente caí, me di cuenta de que me iba a ser imposible ascender por ella. Su pendiente aumentaba demasiado después de los cinco primeros metros y la arena estaba totalmente suelta, tal y como pude comprobar cuando rodé cayendo por ella. Así que, en vez de ascender por aquella cuesta inestable y peligrosa, comencé a bordearla con la intención de encontrar alguna zona donde su inclinación disminuyera y me permitiera salir de allí. En el mismo instante que empecé a circundar la pendiente, un gran estruendo seguido de una onda expansiva que provenía de la casa de Manuel me hizo perder el equilibrio y caí al suelo.

La finca de Manuel acababa de estallar. Pude ver a lo lejos cómo los cascotes alcanzaban gran altura debido a la explosión. Manuel acababa de destruir su finca.

Un par de kilómetros más adelante, la inclinación y la elevación de las paredes que rodeaban el extenso hundimiento de terreno que se había tragado Bilbao, disminuyó. Por ahí pude salir.

Mis cálculos me indicaban que, desde el momento en que abandoné *Nueva Villalva* hasta que llegué a la falda de la montaña, donde debía encontrarse mi antiguo hogar, habían transcurrido dieciocho horas. Por tanto, si en el momento en que emprendí la vuelta, mi traje también marcaba que disponía de dieciocho horas más y acababa de agotar una de ellas tratando de salir de aquella sima, disponía de una hora menos para llegar a tiempo.

En ningún momento pude tomarme el lujo de parar a descansar, aunque no existiera nada que necesitara más. Es más, tuve que aumentar mi ritmo si quería llegar sano.

Justo delante de mí me encontré ante las montañas que antiguamente rodeaban Bilbao. Ascendí por ellas y me hallé ante un paisaje desolador, similar al que había hallado anteriormente un par de kilómetros al este, cuando descendí por ellas en busca de mi hogar. Aunque no fue fácil divisar otra vez aquello, tuve que centrarme solamente en caminar, pues aún me quedaba un largo camino que recorrer.

Cuando dejé atrás las montañas corregí la desviación que había acumulado al caminar bordeando la sima que me había obstaculizado. Si no llego a hacerlo, quién sabe dónde hubiera acabado.

Desde este punto volví por el mismo itinerario. Incluso en algunas zonas donde el terreno era más endeble pude distinguir las huellas que dejé en mi camino de ida.

Las horas sin dormir y todo el camino sin descansar me estaban pesando, pero sabía que no podía parar y aún menos mientras estuviera tan lejos de *Nueva Villalva.*

Durante las seis horas siguientes caminé a marcha ligera y sin cesar sobre el seco y polvoriento suelo que se levantaba alrededor de cada uno de mis pasos.

Cuando empezó a caer la noche, no tuve más remedio que hacer un pequeño alto en el camino para intentar recuperarme de la dura travesía que arrastraba. Saqué comida de mi mochila y premié con ella a mi exhausto cuerpo.

Los ledes de mi traje de nuevo me permitieron seguir caminando durante toda la noche. A la mañana siguiente, mientras amanecía, comencé a atisbar en el horizonte un minúsculo punto que correspondía a la gran cúpula que envolvía a *Nueva Villalva.* Fue un verdadero alivio divisar mi objetivo, aunque fuera desde tanta distancia, justo en el momento en el que el dispositivo de mi traje me alertaba:

«Radiación ambiental cinco por ciento. Tan solo le quedan dos horas de autonomía».

En ese instante acrecenté el ritmo hacia *Nueva Villalva.* Conforme avanzaba, el pequeño punto se agrandaba, definiéndose cada vez mejor, hasta que como por obra de magia se convirtió en el gran campo magnético que cubría la enorme metrópoli.

A penas me separaban tres kilómetros de la gran fachada magnética. De pronto observé, a unos quinientos metros de mi posición, al individuo que tenía que encontrarse conmigo. Mientras me dirigía hacia el sin aminorar mi ritmo, eché un vistazo al dispositivo de mi traje que marcaba que le quedaban treinta y seis minutos de protección.

En el momento exacto que alcancé a la persona encargada de recogerme, el dispositivo me volvió alertar:

«Radiación ambiental cuatro por ciento. Le quedan treinta minutos de autonomía, después usted estará en peligro».

—Vamos rápido, tenemos que llegar —me dijo aquella persona al escuchar la alerta que acababa de dar mi traje—. ¿Te encuentras bien?

—Sí —le respondí jadeando mientras comenzábamos a correr.

—Ya habrá tiempo para presentaciones. Ahora céntrate en que tenemos que llegar antes de que se agote tu tiempo.

A causa del agotamiento, me vi incapaz de responderle a eso. Todavía no sé de dónde saqué las fuerzas necesarias para realizar ese último esfuerzo. Desde mi recuperación, mi condición física era lamentable y en cambio, en los últimos dos días había recorrido un montón de kilómetros sin dormir y casi sin comer.

Mi acompañante corría a mi lado dándome ánimos constantemente. Su traje de *antirradiación* era mucho más avanzado y menos aparatoso que el mío. Supongo que el que yo portaba era el que cualquier particular podía adquirir.

El trato que recibí de aquel chico durante la carrera hacia los pasos de materia fue especial. Parecía como si en aquellos momentos yo fuese para él el objeto más preciado que existía sobre la faz de la Tierra.

—Nos estamos acercando. Tienes que activar esa opción que te hace desaparecer ante los androides —me dijo mientras seguíamos apresurándonos hacia ellos.

A continuación, desabroché parte de mi escafandra para poder introducir la mano por ella y así poder presionar levemente la zona en la que se albergaba mi *thoughtchip*. Para activar esa opción tuve que arriesgar con esta acción, aunque justamente después de ello observé que mi traje indicaba que la radiación del lugar era del cero por ciento, eso me tranquilizó. A mi traje le quedaban siete escasos minutos de protección.

—¡Siete minutos! —pronuncié cuando nos encontrábamos a unos doscientos metros de los pasos de materia.

Cuando llegamos frente a los androides todo fue muy sencillo. Quizás más de lo que Manuel me había explicado. Esa opción extra de mi *thoughtchip* funcionó a la perfección. Estuve a menos de dos metros de los androides en el momento que mi acompañante les entregó su pase de vuelta y no me vieron. De esta forma pasé junto a él cuando le abrieron el paso.

NEW FLIGHTS S.A.

Una vez en el interior de la urbe, y apartados de la posición que ocupaban los androides que habíamos dejado atrás, mi acompañante demandó que nos recogiera una cápsula de movimiento. En cuestión de segundos apareció ante nosotros, al entrar en ella, mi compañero le ordenó que nos condujera a *New Flights S.A.*

—Bueno, mi nombre es Efrén. ¿Y tú eres...? Álex, ¿verdad? —me dijo mientras ascendíamos a gran velocidad hacia las alturas.

—Sí, me llamo Álex, encantado.

—Igualmente. Creo que ya va siendo hora de que salgamos de estos asquerosos trajes, ¿no te parece?

Sin esperar una respuesta de mi parte Efrén procedió a quitarse su vestimenta y, al verlo, yo hice lo mismo. A continuación, ambos quedamos con nuestra ropa, la que llevábamos bajo los trajes *antirradiación*.

—Así estamos mucho mejor, ¿no lo crees? —me dijo gesticulando una media sonrisa.

—Sí, claro —dije, sin saber qué responder ante lo que me pareció una pregunta absurda.

Efrén aparentaba no tener mucha conversación que ofrecerme, dadas aquellas preguntas carentes de sentido. Parecía que simplemente se entregaba a la misión que Manuel le había encomendado y que tenía que cumplir. Por eso, sus diálogos conmigo eran escasos y sin mucho contenido. Aun así, decidí probarle para ver si traspasaba esa barrera profesional que trataba de mantener conmigo.

—¿Qué labor desempeñas en *New Flights*?

En aquellos momentos mis pensamientos permanecían impacientes por saber cuál era el mensaje que Manuel me deseaba transmitir, así que decidí tantear a Efrén formulándole esta clase de preguntas e intentar familiarizarme algo más con él, para más tarde poder sonsacarle el mensaje que Manuel me quería transmitir.

—Soy recadero.

—¿Recadero?

—Sí, bueno... Manuel llama así a las personas que le llevamos lo que precisa a su estación espacial.

—¿Te ha hablado sobre mí?

—No, únicamente me encomendó que te recogiera donde lo hice, que te prepara alimentos y descanso en *New Flights*, y que mañana te llevara con él.

—¿Nada más?

—Nada más. Bueno, insistió repetidas veces que tenías que llegar sano y salvo puesto que eras una persona muy importante para él.

Si aquello era cierto y Manuel no le había confiado nada más sobre mi persona, de nada servía que prosiguiera intentando encauzar aquel diálogo hacia mis intereses. Por tanto, cesé en mis intenciones.

Efrén parecía no tener nada que hablar conmigo. Me había costado sonsacarle sus anteriores y escasas palabras, pero desde el instante en el que me cercioré de que desconocía lo que Manuel me quería contar sobre Ariel dejé de hablar con él. Desde ese momento el silencio reinó en el interior de nuestra cápsula.

Tras abandonar la aglomeración de edificaciones cilíndricas, comencé a divisar los límites de *Nueva Villalva*. Las construcciones de esa zona de la metrópoli eran totalmente distintas a todas las demás. No destacaban por sus altitudes ya que ninguna tenía más de cinco o seis plantas de altura, pero sí lo hacían por la gran extensión de terreno que abarcaban.

—¿Qué es todo eso? —le pregunté retomando la conversación mientras le señalaba todas esas construcciones desde nuestra altura.

—Es la zona empresarial —me dijo acompañando sus palabras con un gesto que parecía abarcar todo aquello con sus manos—. La mayoría de las empresas de *Nueva Villalva* se concentran aquí.

El aparato aminoró su marcha y descendió una decena de metros.

—¿Ves aquello? —me dijo señalando una gran infraestructura achatada y de forma pentagonal—. Allí es donde vamos.

Aquel bloque, al igual que sus edificaciones adyacentes, no rebasaba las cinco plantas de altura. Desde nuestra posición aún distante (todavía estábamos a una altura bastante considerable), pude ver que el centro de las instalaciones estaba formado por secciones a cielo descubierto que facilitaban la salida y entrada de naves espaciales.

Conforme nos íbamos aproximando más a *New Flights,* más fácil se hacía distinguir en la distancia las innumerables aeronaves que abandonaban y se adentraban constantemente en el complejo.

Casi a punto de llegar, mi atención se vio especialmente atraída por uno de los vehículos espaciales que acababa de despegar de *New Flights*. Al acompañarlo con la mirada y alzar mi vista hacia las alturas, contemplé por primera vez el exclusivo paso de materia ubicado en el manto magnético, justo sobre la extensa empresa de Manuel. En sus inmediaciones, androides *Q2h33* velaban por su seguridad y evitaban que pudiera ser atacado de alguna manera.

Descendimos considerablemente hasta situarnos al nivel de la edificación. Las fachadas de *New Flights* también estaban repletas de accesos para las cápsulas de movimiento. Mientras nuestra cápsula buscaba el acceso que Efrén le había indicado, permanecimos sobrevolando el exterior del complejo.

Una vez dentro abandonamos la cápsula, llevando sobre nuestros hombros los viejos trajes *antirradiación*.

—Manuel me ha encomendado que esta noche te ofrezca alojamiento en una de nuestras suites para que te repongas antes del viaje —me explicó mientras caminábamos por un pasillo.

Allí fue a donde me llevó, a una habitación repleta de comodidades, que nadie de mi época hubiera podido imaginar.

Una vez en ella me mostró el funcionamiento de los principales elementos que albergaba la lujosa estancia. A continuación, recogió mi traje *antirradiación* y se despidió de mí hasta la mañana siguiente.

Aquella noche fue un reconstituyente para mí. Era justo lo que necesitaba mi cuerpo para descansar del sobresfuerzo tan agotador que había realizado esos últimos días.

A pesar de que lo primero que me encontré en el interior de la habitación fue una mesa con comida, me fui directo a la cama sin probar bocado. El inmenso cansancio que me apresaba había cerrado completamente la boca de mi estómago.

A la mañana siguiente me despertó la iluminación programada de la habitación. Nada más levantarme de la cama, lo primero que escuché fue la voz de la suite: en primer lugar me deseó buenos días y a continuación me informó que disponía de hora y media para desayunar, asearme y prepararme antes de que vinieran a recogerme.

Lo primero que hice cuando la habitación terminó de «hablar» fue dirigirme hacia la mesa donde la noche anterior había encontrado la comida. Por suerte, aquellos manjares aún estaban allí. Esta vez comencé a comer incesantemente como si compitiera por engullir más rápido que mi otro yo, que en ese instante se reflejaba al frente, en uno de los espejos que poseía la estancia. Una vez sacié mi apetito me di una ducha. No sé si la puedo definir como tal ya que el sistema de ducha que encontré era totalmente distinto al que existía en la época antes de la catástrofe. Después de aquello me afeitó un innovador aparató y me vestí con un nuevo traje que encontré en el armario.

—Hola, buenos días. ¿Cómo has pasado la noche? —me dijo Efrén nada más entrar por la puerta.

—Muy bien, me encuentro como nuevo.

—Me alegro. Ahora sígueme.

Efrén me llevó hasta otro pasillo. En este nos encontramos con un grupo de clientes de *New Flights* que, al igual que nosotros, se dirigían hacia algún punto de las instalaciones para emprender sus viajes espaciales.

Mi vitalidad y mis ganas de vivir todavía estaban bastante resentidas por encontrarme en aquella situación, la cual me había separado de Ariel para siempre. Sin embargo, caminar por ese pasillo y encontrarme entre aquel gentío sin tener miedo a ser reconocido, hizo que por primera vez disfrutara y admitiera con cierto orgullo mi existencia en aquel futuro.

Llegamos hasta una puerta que desapareció ofreciéndonos paso. Al penetrar por ella dejamos atrás al otro grupo de personas, que siguieron pasillo adelante. De repente, al traspasar ese acceso, penetramos en una de esas secciones a cielo descubierto que anteriormente había atisbado desde las alturas. Una vez dentro, una pasarela que se situaba a unos diez metros de altura respecto al suelo nos condujo hasta la lanzadera. Una especie de nave espacial achatada y colocada verticalmente nos esperaba.

A pocos metros de la entrada a la lanzadera, Efrén me indicó que esa nave iba a ser la encargada de llevarnos hasta Manuel, dato que yo ya había supuesto.

Cuando llegamos hasta ella, Efrén solicitó abrir la puerta de la aeronave vía *thoughtnet*.

Cuando pasamos al interior del vehículo, este selló automáticamente la puerta por la que acabábamos de entrar. La iluminación de la lanzadera se encendió y fue entonces cuando aprecié que no nos encontrábamos en la posición idónea respecto al mobiliario y a los aparatos del interior de la nave. Eso se debía a que, como he explicado antes, la lanzadera apuntaba verticalmente hacia el cielo. De este modo, todo a nuestro alrededor parecía que estaba acostado respecto a nosotros.

—Abróchate los sistemas de seguridad, vuelvo enseguida —me dijo Efrén tras llevarme hasta el que iba a ser mi asiento.

Eso fue lo que hice. Mientras, Efrén comenzó a descender por una escalerilla vertical hacia la parte trasera que en aquellos momentos era el fondo de la nave, dada la posición en la que estaba situada.

Después comencé a escudriñar con la mirada mi entorno. A mi izquierda, al otro lado del pequeño pasillo ubicado en el centro de la lanzadera, había un asiento idéntico al que yo ocupaba; y junto a él, una ventanilla ovalada exactamente igual a la que tenía a mi derecha. De momento, por ellas solo se veía la penumbra del exterior. Frente a mí, también tenía dos pantallas que por el momento permanecían apagadas.

Pasados varios minutos, Efrén volvió del fondo de la nave y se situó en el asiento desocupado de mi izquierda.

—Ya está, vámonos —dijo cuando terminó de ceñirse las sujeciones.

Segundos más tarde se encendieron las pantallas y la programación que controlaba la aeronave realizó su chequeo inicial.

—Álex, ¿preparado?

—Por supuesto —le respondí.

Efrén accionó algo de la pantalla que hizo que la iluminación del habitáculo se apagara. Aquella penumbra facilitaba la observación de los botones luminosos que aparecían en los monitores.

Mientras Efrén seguía toqueteando los botones de las pantallas para programar el despegue, me aferré fuertemente a los reposabrazos de mi asiento. Mis manos agarraron con tanta fuerza los reposabrazos, que la punta de mis dedos metálicos lo arañaron.

—Vamos allá —dijo demostrando toda la tranquilidad del mundo.

Al contrario que Efrén, yo pasé algo de miedo.

En ese instante noté que el aparato se liberaba de las sujeciones exteriores que lo mantenían vertical y comenzaba a separarse del suelo.

La lanzadera ascendió sin provocar mayor ruido que el silbido que ocasionaban sus sofisticados sistemas de propulsión. Por cierto, nada comparado con el cohete de los sótanos de Manuel. En cuanto sobrepasamos la altura correspondiente a la última planta del complejo se empezó a ver el exterior por mi ventanilla. Las pantallas empezaron a mostrar el frente exterior de la nave, convirtiéndose en un adelantadísimo sistema de ventanas que nos permitían ver el camino que recorríamos.

Pronto vi cómo nos aproximábamos al paso de materia que había sobre nosotros. Cuando estuvimos en sus proximidades, la primera capa protectora del paso se abrió y nuestro vehículo penetró por ella. Cuando esta se cerró y se abrió la segunda, nuestra lanzadera también la traspasó. De esta forma quedamos libres, fuera de *Nueva Villalva.*

Después de abandonar la cúpula protectora que envolvía la metrópoli, Efrén accionó un sistema de propulsión más potente. Al hacerlo, nuestra nave adquirió una velocidad vertiginosa. Segundos después nos comenzó a rodear la penumbra del universo.

Llegados a este punto, Efrén estabilizó la nave horizontalmente con respecto a la Tierra y dejamos de ascender. En ese momento, mi compañero de viaje me apuntó que ya habíamos adquirido la altura idónea para encontrarnos con la estación espacial de Manuel y que tan solo faltaba encontrarnos con ella.

—¿Cómo te encuentras?

—Perfectamente —respondí a Efrén.

Nuestra lanzadera empezó a orbitar la Tierra hacia el punto donde nos teníamos que encontrar con la estación espacial.

—Álex, en una hora tendremos contacto visual con la estación. Mientras puedes disfrutar de las vistas, son maravillosas.

La verdad es que aquella imagen podía paralizar los pensamientos de cualquiera que no estuviera familiarizado con ella. Ver la esfera de la Tierra bajo nosotros, sus diferentes tonalidades verdes y marrones entremezcladas con el blanco de las nubes y colapsadas por el azul de sus mares, te convertía en testigo directo de la belleza de nuestro mundo. Sin embargo, Efrén no miraba por su ventanilla. Aquel muchacho aparentaba estar totalmente familiarizado con el espacio y esa clase de viajes.

Una hora después, tal y como me había indicado mi compañero, comenzó a atisbarse una luz en la lejanía. Pronto me cercioré de que era la estación de Manuel, aunque Efrén lo supo desde el primer momento en que esta apareció.

Momentos después penetramos en la cara opuesta de la Tierra con respecto a nuestro astro y nos vimos envueltos en la oscuridad de la noche. Esto provocó que la luz que veíamos procedente de la estación de Manuel se hiciera más brillante para nuestros ojos.

Enseguida se empezó a distinguir la forma que tenía la nueva residencia espacial de Manuel. Todavía estábamos relativamente lejos de ella, a unos diez kilómetros de distancia. Aun así, Efrén activó el proceso de aproximación. Con esto, nuestra lanzadera aminoró su velocidad y se incorporó poco a poco a la órbita que trazaba la estación espacial.

A un par de kilómetros empecé apreciar su forma y sus dimensiones. Desde mi posición se asemejaba a un gran tubo alargado que poseía dos pequeñas alas a los lados que anclaban un gran anillo que envolvía y giraba a todo su alrededor.

—Aquí recadero Ef2; Manuel, ¿me recibes?

—Adelante Ef2 —escuchamos por los altavoces de la lanzadera.

—Te traigo a Álex. Voy a acoplar la lanzadera al módulo en cinco minutos.

—Recibido —dijo Manuel.

Tres minutos más tarde observé que desde uno de los extremos de la estación surgía un brazo estructural. Parecía que iba a ensamblarnos. Poco a poco y casi sin velocidad nos aproximamos al extremo de aquel elemento, que seguía creciendo hacia nuestra posición.

—Acoplamiento en 3, 2, 1. Acoplamiento finalizado —nos comunicó el sistema de nuestra nave.

Efrén continuó atento a los parámetros que aparecían en las pantallas mientras que el brazo que nos sujetaba empezó a replegarse llevándonos con él, hacia la estación espacial de Manuel.

Cuando nuestro vehículo espacial se acopló a la estación, Efrén soltó los sistemas de seguridad que lo fijaban a su asiento. Seguidamente me ordenó que yo también lo hiciera, y al hacerlo, ambos comenzamos a flotar por el interior del habitáculo.

—Ten cuidado, si no chocarás con las paredes. Sujétate a mí —me dijo mientras agarraba mi mano y me llevaba hacia su posición —. No quiero que te hagas daño.

Seguidamente me aferré al traje de mi compañero y cuando lo hice, tiró de mí hacia la puerta que indicaba la salida de la lanzadera, la misma por la que habíamos entrado. Efrén demostraba tener bastante experiencia en desplazarse de aquella manera por ese entorno carente de gravedad. En cambio, mis piernas, a pesar de ir sujeto a él, se golpearon varias veces contra la estructura interna de la lanzadera.

Al llegar a la puerta, Efrén la abrió y abandonamos la aeronave. Al hacerlo pasamos a un pequeño habitáculo.

—Estamos en la cámara de adaptación. Cuando se abra esa segunda puerta, volverá la gravedad, prepárate para ello —me avisó.

Efrén giró tres cuartos de vuelta una manivela y la puerta se abrió lentamente. Al hacerlo, mi cuerpo comenzó lentamente a caer, tomando cada vez mayor contacto con el suelo de la cámara.

Cuando el paso que nos comunicaba directamente a la estación espacial de Manuel estuvo completamente abierto, nos adentramos por él.

Manuel estaba tan impaciente por reencontrarse conmigo que nos estaba esperando tras la puerta.

—Pero… ¿Qué ven mis ojos? —dijo Manuel realizando una especie de broma que al mismo tiempo transmitía emoción.

—¡Manuel! —grité totalmente emocionado al verle, sin saber qué otra cosa decir.

A la vez que pronuncié ese grito en forma de desahogo, me acerqué a él aceleradamente y le abracé; aunque aquel abrazo no fue un abrazo de amor ni de estima. Más bien simbolizaba la liberación que sentí después de tanto tiempo, al mantener contacto con alguien familiar, con alguien de mi primera vida.

Seguro que Manuel fue consciente de que ese abrazo no era más que una acción con la que me evadía de muchas de mis preocupaciones y de todas las desgracias que había vivido desde mi despertar. Aun así, entendió totalmente mi situación y me correspondió con un fuerte abrazo protector.

—Ef2, puedes volver a *New Flights*. Muchas gracias por desempeñarlo todo tal y como te he encomendado.

—De nada, Manuel. Un placer conocerte, Álex. Cuídate —nos contestó justo antes de volver a la lanzadera para emprender su viaje de vuelta.

UNA ESPERANZA

Manuel me condujo hasta un compartimento de su estación donde había un gran monitor. Una vez allí, sin más rodeos, me dijo:

—Voy a explicarte algo más. Antes de ayer, mientras estabas bajo mi casa no te lo conté todo.

—¿Qué sabes sobre lo que le pasó a Ariel? ¿Qué era lo que me querías decir sobre ella? —le interrumpí.

—Eso también te lo voy a contar, pero sé paciente y escucha. Déjame que antes encauce lo que te quiero transmitir con una explicación previa—dijo al mismo tiempo que hacia un movimiento con las manos con el que me demandaba sosiego.

—De acuerdo, adelante.

—¿Quieres algo de beber?

—No gracias.

—¿Y de comer?

—No, gracias —le volví a responder. El nudo provocado por los nervios y la incertidumbre que tenía en el estómago hizo que no me apeteciera nada de beber en aquel momento y menos de comer.

Tomamos asiento frente al gran monitor de aquella sala. Por un momento me pareció que Manuel iba a encenderlo, pero no lo hizo. En vez de eso, giró su asiento ligeramente hacía mi posición y comenzó a hablarme:

—Tras el terremoto, enseguida me di cuenta de que no había sido el único sobreviviente en la *zona de pruebas*. Mi fiel empleado, el encargado del área, sobrevivió junto a mí en el interior de la caseta de mandos en la que permanecíamos juntos en ese fatídico momento. En cuanto salimos de la caseta y observamos todo nuestro alrededor, nos percatamos de que no había sido un terremoto común, sino a gran escala.

»Por mucho que buscamos no te hallamos, y tampoco a ninguno de tus compañeros. A continuación, al ver cómo la destrucción y el caos se habían adueñado del lugar, decidimos acudir a la cercana área industrial de *Frigoma*, para ver el estado en el que había quedado el resto de mi empresa. Al llegar nos encontramos con todo derruido. Las construcciones que no había engullido la tierra habían sido demolidas y esparcidas por los inmensos temblores del terremoto. El único inmueble que encontramos en pie y sin grandes desperfectos estructurales fue el edificio cerebro. Por suerte se sostuvo y salvó la vida a unas cuarenta personas que se encontraban en su interior.

»Pasamos un día entero sin despegarnos de uno de los televisores del edificio, en el que recibíamos emisión vía satélite sobre lo sucedido. Una cadena norteamericana informaba continuamente sobre el suceso y mostraba imágenes aéreas del mismo. Gracias a este medio de comunicación americano supimos que el cataclismo había afectado a medio continente europeo.

»Al día siguiente me vi obligado a viajar hasta mi antiguo hogar, con la esperanza de poder reunirme con mi mujer y con mi hija. Por lo tanto y sin pensarlo dos veces, bajé a la planta baja del edificio cerebro para inspeccionar en qué estado había quedado el hangar que sobresalía en la parte trasera del edificio. Por suerte, su estructura y su cobertizo también permanecían en pie, brindando protección a uno de mis helicópteros. Pocas semanas atrás había iniciado un pequeño ciclo de clases formativas de vuelo así que gracias a aquello pude pilotar el aparato hasta mi casa mientras el encargado de la *zona de pruebas* que, por cierto, había sido hasta ese día mi hombre de mayor confianza en *Frigoma*, se quedó al cuidado de las personas que se resguardaban en el edificio cerebro.

»No hace falta que te describa el estado en el que hallé mi hogar ya que tú mismo lo pudiste comprobar antes de ayer. Aunque su estado no fue lo más doloroso con lo que me encontré. Lo peor fue encontrar a mi niña gravemente herida y con su cuerpo medio sepultado bajo algunos pedazos de la fachada de mi casa. Por suerte, mi hija aguantaba y luchaba por sobrevivir gracias a una chica que le estaba ayudando: Ariel.

Mi corazón se sobresaltó tanto al escuchar eso que decidí no interrumpirle. Aquello verdaderamente me interesaba.

—Al presenciar como esa niña me llamó «papá», Ariel se percató que yo era tu jefe. Al cerciorarse de ello se presentó ante mí y empezó a preguntarme insistentemente por ti, aunque dado el estado en el que se encontraba mi hija, al principio no le presté ni la más mínima atención. La verdad es que Ariel fue muy valiente. A pesar de estar mal herida y llena de rasguños, hizo todo lo que pudo por intentar salvar a mi niña. Aunque su prioridad era saber de ti, no dejó ni un instante de ayudarla. La lástima fue que a pesar de todo su esfuerzo no pudo evitar que mi hija falleciera pocos minutos después de mi llegada.

»Ariel pasó las horas siguientes consolándome para que me recuperara de mi tristeza. No solo permaneció a mi lado, sino que también me ayudó a emprender la búsqueda de mi mujer entre las ruinas, aunque sin éxito alguno para nosotros. Más tarde me volvió a preguntar sobre ti. Antes de contestar a su cuestión le demandé explicaciones del hecho de que se encontrara en mi finca. Ariel me explicó que fue hasta mi casa para intentar conseguir noticias tuyas preguntándole a mi mujer. Me dijo que desde que te marchaste de casa no sabía nada de ti. Según ella, acordaste llamarla en cuanto llegaras y no solo no lo hiciste, sino que tampoco te pusiste en contacto con ella a la mañana siguiente. Por eso, esa mañana, con la intención de preguntar a mi mujer sobre nosotros, decidió visitarla.

—No había cobertura en ningún lugar, no pude... —dije.

—Ya lo sé. Eso mismo le expliqué a Ariel en ese momento —me interrumpió Manuel.

Ariel me dijo que mientras dialogaba con mi mujer en el interior de mi casa comenzó el terremoto. Por lo visto, solo pudo ayudar a mi hija a salir del interior de mi hogar. Después de que me hubiera explicado qué hacía allí, era hora de que yo le contara tu fatal desenlace, y así lo hice. Primero compartí con ella tu nefasto episodio, y a continuación, proseguí contándole toda la información de la catástrofe que yo sabía gracias a la televisión del edificio cerebro. Aunque esto pareció no interesarle ya que, tras escuchar mis palabras sobre tu incidente, se derrumbó.

»Yo también me encontraba destrozado, pero al verla así, sentí que debía ser fuerte y sobreponerme para tratar de calmarla y consolarla. Una buena forma de agradecerle la ayuda que recientemente le había brindado a mi niña, era ofrecerle que viniera conmigo al edificio cerebro, donde recibiría cobijo. Así que minutos después se lo ofrecí. Allí estaría a salvo junto a mis demás empleados hasta que la televisión comunicara datos más concretos del descomunal desastre. Ella estaba totalmente bloqueada, así que decidí por ella y la llevé conmigo al edificio cerebro.

—Entonces, ¿qué fue de Ariel? ¿De qué forma y dónde pasó el resto de su vida? —le volví a interrumpir.

—Otra vez te adelantas. Déjame explicártelo todo y luego podrás preguntarme todo lo que quieras.

Manuel inició una especie de historia paralela a la que acababa de contarme. El rumbo de su charla cambió. Por el momento, dejó de hablarme sobre Ariel.

—Hace bastante tiempo que he asimilado el fracaso del *Proyecto Matusalén*. Incluso hace décadas empecé a contemplar la posibilidad de que no existía manera alguna de conseguir la vida eterna, cosa que sigo pensando hoy en día —reconoció con la mirada caída—. Así que el poco tiempo de vida que me queda, lo voy a emplear para situarte donde te mereces.

—¿Cómo? ¿Qué estás diciendo? —le contesté sin entender nada de lo que me decía.

Tras esas palabras comenzó a profundizar más en el asunto e inició una nueva explicación en la que al final me reveló sus nuevas intenciones:

—Como habrás podido comprobar durante prácticamente toda tu vida, soy algo más que un hombre de recursos. Los clientes que a lo largo de mi vida han formado parte de la mayoría de mis empresas, han sido un tanto especiales. Colaborar en proyectos gubernamentales y trabajar mano a mano con el poder me hizo alcanzar un alto estatus en la sociedad antes del terremoto, que he mantenido y aumentado considerablemente después de este. Gracias a esto, nadie me puso ninguna barrera cuando me decidí por el *Proyecto Matusalén*. Por el contrario, la *NASA*, uno de mis clientes más especiales, se ofreció voluntario para ayudarme con él.

»Por aquel entonces, Alfred Ardwin, aparte de ser un gran amigo mío, era el presidente general del departamento tecnológico de la *NASA*. Gracias a él, mi empresa de satélites y cohetes espaciales innovó drásticamente hasta desbancar los avanzados sistemas que poseía la agencia Norte-americana. Con el tiempo, mi empresa descubrió la manera de realizar viajes espaciales a una velocidad mayor que la de la luz. Aquello me colocó en un lugar muy privilegiado para los altos mandos de la *NASA* y del gobierno de los Estados Unidos.

»Al principio pude mantenerlo en secreto, pero en cuanto la *NASA* se enteró de que mi empresa era capaz de efectuar dichos viajes, me obligaron a compartir con ellos la forma de efectuarlos. Aparte de recibir amenazas que hablaban de que dejarían de ayudarme con el *Proyecto Matusalén* si no lo hacía, me avisaron de que me prohibirían mandar al espacio mi estación espacial que, por cierto, ellos mismos estaban acabando para mí. De este modo, no tuve más remedio que hacerlo, aunque no les desvelé la totalidad de la información sobre mi innovador sistema de desplazamiento, tan solo una parte limitada de él. Mientras que las naves de mi empresa eran capaces de realizar viajes a velocidades superiores a la de la luz, hasta casi una distancia de ochocientos años luz de la Tierra, los avances que compartí con la agencia espacial norteamericana solo les permitían efectuarlos hasta un máximo de cincuenta años luz. A esto me refiero cuando digo que compartí con ellos mi avance de forma limitada.

»Nunca me preguntaron el motivo por el que me había centrado en conseguir viajar de ese modo, ni tampoco les vi interesados en ello. Lo que únicamente les importaba era no quedar atrás respecto a mi innovada tecnología espacial. Por lo tanto, pude seguir desempeñando estos viajes espaciales para la finalidad que realmente estaban pensados.

¿Por qué de repente Manuel dirigía sus comentarios hacía sus asuntos? Aunque aquellas cuestiones que me estaba contando mi antiguo jefe también me parecían interesantes, no comprendía qué relación podía tener todo aquello con la vida de Ariel.

—En el año 2014, los científicos y astrónomos encargados de ello, divisaban el espacio y los diez exoplanetas descubiertos hasta la fecha con sus enormes telescopios. En cambio, yo, gracias a mi revolucionaria forma de viajar por el cosmos, realizaba trayectos espaciales de larga distancia y visitaba los lindes de las atmósferas de dichos exoplanetas. Cada vez que lo hacía, colocaba satélites orbitando en ellos que albergaban un sinfín de aparatos. Estos me permitían estudiar sus condiciones exactas y dictaminar si reunían las condiciones para que la vida humana pudiera prosperar en sus superficies. Al contrario, la *NASA* tan solo podía especular sobre estos diez exoplanetas y su probable habitabilidad, por estar situados a la distancia adecuada de su estrella, factor esencial para que un planeta mantenga temperaturas idóneas para nosotros y pueda existir agua en él.

Manuel encendió el monitor que había ante nosotros. Al hacerlo, apareció la imagen de un planeta con tonos verdosos, azules y blancos.

—Los sofisticados sistemas que enviaba a estos planetas no tardaron en mandarme resultados favorables sobre uno de estos. Te presento a Kepler 22-b —me dijo señalando hacia la pantalla—. Este exoplaneta situado a seiscientos años luz de distancia de la Tierra fue descubierto en el año 2011 por el telescopio Kepler de la *NASA*. Ellos tan solo consiguieron aclarar que poseía 2,4 veces el radio de la Tierra y que orbitaba su estrella en ciclos de doscientos ochenta y nueve días, denominada como Kepler 22. Sin embargo, los que verdaderamente escudriñamos sus condiciones exactas fuimos nosotros en el año 2015. Mis satélites desvelaron que la composición, la temperatura de su superficie, las características de su atmósfera y la composición de su aire eran muy parecidas a las de nuestro planeta. Incluso pudimos ver pequeñas especies marinas en zonas poco profundas de sus mares. Sin embargo, lo que más nos interesó de todos los datos que nos ofrecían los sistemas que enviamos a él fue que sus condiciones harían envejecer las células de nuestro cuerpo mucho más despacio que las de la Tierra. Por lo tanto, permitían al ser humano vivir mucho más tiempo que en nuestro mundo. Si los cálculos que efectuaron mis sistemas eran válidos, Kepler 22-b invitaba a vivir a un ser humano sano, hasta seiscientos años. Un par de años más tarde de que descubriéramos esto, mientras seguíamos manteniéndolo en el más estricto secreto, se produjo el terremoto y con él, el problema de la radiación.

»Más tarde restablecieron la sociedad bajo las cúpulas magnéticas pero no tardaron mucho en darse cuenta de que necesitábamos un planeta sustituto para mudarnos, ya que los estudios indicaban que no desaparecería la radiación total sobre la Tierra hasta que no pasaran veinticuatro mil años. Por tanto, los gobiernos pusieron en marcha un programa espacial para tratar de encontrar un mundo sustituto para la humanidad. Entonces la *NASA* comenzó a utilizar el sistema de viaje que les había enseñado de la misma forma que yo lo había utilizado en secreto, con el fin de mandar tecnología que estudiara las características de los exoplanetas descubiertos hasta la fecha. Pero con el gran hándicap de que solo podían enviarlos a los planetas que habían divisado en un radio inferior a los cincuenta años luz, ya que su forma de viaje permanecía limitada respecto a la de mi empresa.

»Quizás te estés preguntando por qué no compartí con ellos las características de Kepler 22-b para salvar a todo el mundo. La respuesta es que decidimos mantener este nuevo planeta en secreto puesto que no confiábamos en la forma en la que actuaría la *NASA* con él. Aunque era cierto que planeaban salvar a la humanidad llevándola hasta un nuevo hogar, teníamos pruebas de que iban a colaborar con el gobierno de la gran potencia americana para establecer un nuevo orden dictatorial en el planeta que hallaran. Por eso decidimos, al menos por el momento, guardar en secreto el hallazgo de este planeta.

Fui paciente durante todo ese tiempo mientras Manuel hablaba de su anterior empresa y sobre sus proyectos. En cambio, por más vueltas que le daba al asunto no conseguía relacionar todo aquello con lo que me había contado anteriormente sobre Ariel. Así que de nuevo me vi obligado a interrumpirle.

—Esto no tiene nada que ver con Ariel, ¿puedes continuar explicándome qué le pasó a ella?

—¿Otra vez me interrumpes? ¿Quieres esperar a que llegue a la parte donde se entrelazan ambas explicaciones? —me dijo alterándose un poco.

Manuel apagó el monitor donde me había enseñado aquel exoplaneta y siguió hablando:

—Cuando llegué junto a Ariel al edificio cerebro comencé a escuchar las noticias en la televisión. Estos avisaban de que todas las centrales nucleares ubicadas en el sur de Europa se habían visto muy perjudicadas por el seísmo y estaban liberando su radioactividad al exterior. En ese mismo instante me di cuenta del verdadero peligro que corría la humanidad. Por lo tanto, decidí hacer algo, al menos para salvar a la gente que se encontraba conmigo en el edificio ya que me sentía responsable de sus vidas. Les ofrecí viajar hasta Kepler 22-b para que emprendieran una nueva vida allí antes de que la radiación se expandiera más. Al principio, algunos estuvieron reacios a mi idea, pero la gran mayoría aceptó en cuanto les hablé de que en Kepler 22-b alargarían sus vidas casi seiscientos años más. No sé por qué razón Ariel se negaba a abandonar el lugar donde había vivido contigo. Parecía no comprender al cien por cien que daba ya igual donde estuviera, que ya no iba a poder estar contigo. Pero a pesar de ello, no pude dejarla aquí cuando el resto de nosotros emprendimos la caminata hacia *Flights S.L.*, mi antigua empresa espacial.

»Después de una larga marcha, llegamos. Una vez allí, otro grupo de mis empleados, había conseguido sobrevivir. Otra vez parecía como si el terremoto hubiera respetado otra de las construcciones del interior de otra de mis corporaciones. Una vez en *Flights*, mis trabajadores tuvieron que reparar pequeñas partes de la estructura que se encargaba de lanzar al espacio las naves de mi empresa, capaces de superar la velocidad de la luz. Dos días tardaron en arreglar y terminar de preparar todo para el viaje que llevaría a mis empleados a su nuevo hogar. Cuando estuvo todo listo mandé al encargado de la ya inexistente *zona de pruebas* a que llevara a toda esa gente al planeta Kepler 22-b, incluida a Ariel. Le dije que yo me reuniría con ellos al cabo de unos 365 años, justo cuando concluyera mi ambicioso *Proyecto Matusalén*.

—Entonces, si en Kepler esa gente podía vivir casi seiscientos años más, ¿Ariel sigue allí? —le dije sin poder parar de temblar ante el semejante impacto que habían causado en mí aquellas declaraciones.

—Álex, no puedo garantizarte nada. Hace doscientos dos años desde que los envié y desde entonces no sé nada de ellos. Sabes que siempre no sale todo bien, o como lo planeamos. Desconozco si llegaron y cómo han sobrevivido si es que lo consiguieron. Además, se me pudo escapar algún detalle mientras realizábamos el estudio previo del planeta que les hubiera creado problemas e incluso hubiera acabado con ellos.

—¡Tienes que traerla! —le dije.

—No, Álex. Si se encuentra allí, su vida debe ser maravillosa —me apuntó Manuel.

—Pero...

—Iremos nosotros.

EL VIAJE

Nuestro mundo se había convertido en un medio apocalíptico donde la vida solo estaba garantizada bajo las cúpulas de protección. Los estudios que se habían realizado en el exterior desvelaron que la radiación no desaparecería hasta que transcurrieran veinticuatro mil años. A esto se le sumaba un gran problema: se había previsto que los estados no iban a poder cubrir la enorme demanda energética que precisaban dichos mantos magnéticos durante mucho más tiempo. Este hecho hizo que los gobiernos se dieran cuenta de que la única forma para evitar la extinción humana era buscar un nuevo planeta para vivir. Por eso mismo y desde hace casi ciento cincuenta años buscaban incesantemente, aunque sin resultado alguno, un nuevo mundo para la humanidad.

Por ese mismo motivo, tener al alcance la posibilidad de escapar de lo que parecía amenazar sin remedio a la raza humana me hacía sentir el ser más privilegiado del universo, más aún cuando parecía que iba a ser posible mi reencuentro con Ariel en Kepler 22b. Por primera vez comencé a darme cuenta de todo lo que me había ocurrido desde que desperté en el *SSEM*.

Permanecimos dos días más en la estación espacial. Ese corto periodo de tiempo sirvió a ambos para contarnos nuestras vivencias más detalladamente y reflexionar juntos sobre ellas. Llegados a este punto, valoramos que quizás no nos habíamos reencontrado por pura casualidad. Esos dos días también sirvieron para que en *New Flights* prepararan la nave que nos llevaría a Kepler 22b.

Durante los días previos al viaje no fui el único que estaba entusiasmado por mi posible encuentro con Ariel. Manuel permanecía tan ilusionado con la idea, que parecía haberse olvidado de su obsesión por alargar su vida. Por otro lado, llegar a Kepler 22b también suponía para él prolongar algo más su propia vida, pero a pesar de ello, creo que eso no jugó el papel principal para que decidiera realizar la travesía espacial.

—Efrén vendrá mañana con la nave con la que emprenderemos el viaje. Ahora vamos a descansar —me dijo Manuel.

Estar allí arriba, tan apartado de las preocupaciones de la humanidad, rodeado por la tranquilidad y el silencio del espacio, hizo que se sosegara el pequeño nerviosismo provocado por el viaje que estábamos a punto de iniciar. Por ese motivo pude conciliar fácilmente el sueño esa noche.

Al día siguiente esperamos en la sala preferida de Manuel la llegada de Efrén. Mi antiguo jefe era consciente de que una vez abandonáramos la estación espacial para adentrarnos en la nave que venía de camino, no volvería a ella. Mientras aguardábamos su llegada, Manuel me reveló cómo iba a hacer creer a la gente conocedora de su existencia, que había muerto. Su intención era programar la trayectoria de la estación para que pasados unos días se estrellara en el océano. Con eso quería evitar que la descubrieran vagando solitariamente por las inmediaciones de la Tierra. Esto evitaría que pensaran que Manuel se había ido a otro lugar.

Transcurridos varios minutos escuchamos a Efrén por los sistemas de comunicación:

—Aquí recadero Ef2; Manuel, ¿me recibes?

—Adelante Ef2 —contestó Manuel.

—Voy a acoplar la nave al módulo en cinco minutos.

—Recibido —volvió a contestar Manuel.

Segundos después, por una de las ventanas de nuestro espacioso habitáculo, observé cómo se desplegaba el mismo brazo estructural que anteriormente había ensamblado la lanzadera con la que llegué hasta allí.

Justo cuando estaba a punto de acoplarse al vehículo espacial, el sistema de voz de la estación nos comunicó:

—Acoplamiento en 3, 2, 1. —Y el brazo estructural agarró el sofisticado armatoste que pilotaba Efrén—. Acoplamiento finalizado.

Cuando Efrén culminó el proceso de unión con nuestra estación, caminamos hasta la compuerta por la que debía aparecer para reencontrarnos con él. Inmediatamente y como era de esperar, se presentó ante nosotros.

—Hola Manuel, ya está la nave preparada.

—Gracias de nuevo —le contestó Manuel—.

—Dentro de un par de horas la utilizaremos. Tú te quedarás aquí hasta que el recadero Ar2 venga para recogerte.

—De acuerdo, aquí lo esperaré.

Manuel ocupó esas dos horas apagando multitud de sistemas y programaciones que seguían desempeñando sus funciones en diferentes secciones de su estación. Unas funciones que ya no valían para nada, relacionadas con el frustrado Proyecto Matusalén.

—Efrén, cuídate mucho —le dijo Manuel sabiendo que no lo

volvería a ver.

—Adiós jefe —le contestó sin ser consciente de la importancia que tenía esa despedida—. Adiós Álex, encantado de conocerte.

—Nos vemos —le respondí intentando que nuestra marcha pareciera de lo más normal.

Tras ese último intercambio de palabras con Efrén, nos adentramos por la primera puerta hasta la cámara de adaptación. Aunque esta vez no lo hicimos para adaptarnos al entorno de la nave ya que su interior, al igual que la estación, poseía gravedad. Simplemente penetramos en ese pequeño espacio, porque era el único camino para pasar al interior del vehículo espacial que nos esperaba.

Una vez dentro de la aeronave contemplé su interior. Nada que ver con la lanzadera que me había transportado anteriormente. Nos encontramos en una estancia confinada por paredes ovaladas. El techo de la nave era abombado hacia afuera y a la vez achatado. Parecía como si nos encontráramos en el interior de un gran balón de rugby aplastado, con la diferencia de que el suelo que pisábamos mantenía su horizontalidad. Enormes ventanales inundaban los laterales de la estancia por los que se podía atisbar claramente el exterior. Cuando dirigí la mirada hacia ellos, por uno de los costados observé las estrellas y, por el otro, la belleza de la Tierra.

Anduvimos por el centro de ese espacio hasta uno de sus extremos. Allí, una puerta se abrió en cuatro secciones dejándonos pasar a la cabina de mandos del vehículo.

—Este es tu sitio —me indicó Manuel señalándome el asiento de la derecha.

Antes de que él ocupara el de la izquierda, su lugar, yo ocupé el que me acababa de señalar. Ante mí había un enorme tablero de mandos muy similar al de un gran avión de mi época, que se alargaba hacia la izquierda, hasta el frente del otro asiento. Sobre el bloque de mandos surgía hacia delante un ventanal que se extendía alargándose sobre nuestras cabezas.

—Este será mi asiento —siguió indicándome—. Termina de abrocharte los sistemas de sujeción.

Antes de proceder al desacoplamiento de la nave, Manuel me explicó unas cuantas cosas sobre la cabina donde estábamos. Como, por ejemplo, que podíamos comer y beber desde nuestra posición gracias a un expendedor de alimentos alojado bajo el panel de mandos. También me comunicó que nuestro asiento se podía recostar si lo precisábamos y que podía opacar si lo deseaba el frontal de la parte de mi ventanal. Tras estas puntualizaciones, me indicó que el viaje duraría alrededor de tres días.

—Vamos a desacoplarnos de la estación —dijo justo en el momento en que lo vi accionar uno de los botones.

Cuando el brazo estructural que nos sujetaba nos soltó, comenzaron a activarse todo el resto de botones, pantallas, radares y un sinfín de luces que hasta el momento habían permanecido apagadas.

—Esto sí es una nave. Tecnología pura y dura —dijo Manuel soltando una pequeña risa.

Justo después de ese comentario de superioridad, típico de Manuel, vi cómo nos alejábamos de la Tierra en una de las pantallas. Conforme pasaban los minutos, aunque muy lentamente, la Tierra fue disminuyendo su tamaño.

—Ahora aumentaremos nuestra velocidad. Aunque hasta que no atravesemos el cinturón de Kuiper, el cúmulo de asteroides y polvo rocoso que rodea el sistema solar, no podremos activar el viaje interestelar —me explicó refiriéndose al viaje que superaba con creces la velocidad de la luz y que esa nave era capaz de efectuar—. No podemos accionarlo mientras permanezcamos viajando por el sistema solar, ya que si lo hacemos podríamos colisionar con algún meteorito, chatarra espacial, con otra aeronave comercial o incluso con alguno de nuestros planetas vecinos. Además, no cabe posibilidad alguna de trasvasar el cinturón de Kuiper a semejante velocidad, sin acabar deshechos al intentar atravesarlo.

Manuel accionó los mandos que aumentaban la velocidad de nuestro vehículo espacial. Al hacerlo, sufrí un fuerte mareo que me hizo creer que acabaría desvanecido sobre mi asiento. Sin embargo, instantes más tarde, mi cuerpo se adaptó a ese violento cambio de velocidad y al vertiginoso modo de transitar por nuestro universo más próximo.

—¿Te encuentras bien? Se te ha puesto mala cara —me dijo.

—Ya se me pasó, no te preocupes.

De repente en la lejanía, desmarcándose entre los demás puntos luminosos, se comenzó a ver una luz rojiza: el planeta Marte. Su volumen creció en pocos segundos y siguió haciéndolo debido a la gran velocidad a la que viajábamos hacia él. Sin embargo, todavía a una distancia colosal de aquella bola roja, Manuel giró sutilmente los mandos de la aeronave y Marte, en vez de seguir agrandándose, comenzó a alejarse por nuestra derecha.

Cuando el planeta desapareció tras nosotros, otra vez nos vimos sumergidos en la negrura del universo. Una oscuridad en la que únicamente resaltaban todos esos puntos luminosos que nos rodeaban por doquier y que parecían acompañarnos: las estrellas. Sin embargo, el hecho de que se vieran con más claridad que desde nuestro mundo no quería decir que estuviéramos más próximos a ellas que cualquier ser humano de la Tierra, ya que nuestra distancia con esos astros seguía siendo gigantesca.

Otro punto luminoso comenzó a destacar entre el lejano cúmulo de estrellas. Cada vez brillaba más, al igual que lo había hecho Marte anteriormente. Era Júpiter que, a nuestras once, se acrecentaba rápidamente conforme recortábamos distancia con él.

Manuel me miró desde su asiento y al encontrarse con la perplejidad de mi semblante ante tal imagen, decidió hablarme sobre ello.

—Nos acercamos a Júpiter. ¿Ves esos 4 puntos? Son Ío, Europa, Ganímedes y Calisto, lunas de Júpiter —me explicó de igual modo que lo hubiera hecho un guía turístico de un viaje común.

—Son preciosos —comenté mientras esas cuatro esferas aumentaban su tamaño al igual que lo estaba haciendo Júpiter.

Desde nuestra lejanía comenzamos a distinguir las diferentes tonalidades que poseían.

—Vamos a pasar muy cerca de Júpiter, exactamente entre Calisto y Ganímedes —me siguió explicando.

Júpiter creció descomunalmente entre esos cuatro globos que lo rodeaban, que, de igual forma, se iban haciendo mayores. Aquel esplendoroso panorama, no solo parecía mostrarnos su belleza, sino también aparentaba que alardeaba ante nosotros de su descomunal tamaño. Enseguida dejamos a Júpiter a nuestra izquierda y con él también lo hicieron las diminutas esferas: Ío, Europa y Ganímedes, siendo esta última, la más próxima a nuestra posición. En cambio, Calisto pasó a lo lejos por nuestra derecha.

Según el orden planetario del sistema solar teníamos que habernos encontrado con Saturno. Pero no lo hicimos, no coincidimos con su posición en su órbita. Según Manuel, Saturno se encontraba en dirección opuesta, al otro lado del sol. Tampoco nos cruzamos con Urano, pero sí con Neptuno, un increíble mundo acuoso. A pesar de la lejanía con la que nos cruzamos con él, las brillantes y dispares tonalidades de color azul de Neptuno llamaron mi atención más que Marte, Júpiter y que ninguno de sus satélites.

A continuación, permanecimos bastante tiempo sin divisar nada a nuestro alrededor, excepto las estrellas. A pesar de haber estado en constante movimiento desde que abandonamos la estación espacial, no se habían movido lo más mínimo respecto a nosotros. Eso me hizo entender lo minúsculos e insignificantes que debíamos ser en el universo.

Casi habían transcurrido veinticuatro horas cuando Manuel me dijo:

—Ahí está Plutón, el último planeta. Queda muy poco para llegar al cinturón de Kuiper. Cuando lo pasemos podremos activar el viaje interestelar.

Plutón pasó por nuestra derecha, muy distante a nuestra nave. Quizás lo hizo más cerca que otros de los planetas que habíamos atisbado anteriormente, pero su mínimo e inapreciable tamaño me hizo creer que fue al que menos nos acercamos.

Pasados varios minutos empezamos a divisar el cinturón de Kuiper. Una aglomeración de polvo, pequeñas rocas y considerables asteroides rodeaban la totalidad de nuestro sistema solar más allá de sus lindes. Manuel redujo la velocidad en cuanto lo vio. De esta forma pudo maniobrar la nave entre tanto estorbo sin colisionar contra nada.

—¿Cómo llevas el viaje? —me preguntó justo cuando resurgimos de la acumulación de material.

—Bien. Quiero llegar ya a Kepler 22b. Necesito saber si Ariel...

—Lo entiendo —me interrumpió—. Debe ser muy duro tener que soportar esa incertidumbre después de todo lo que has pasado.

—¿Crees que Ariel me habrá olvidado? —le pregunté dando por hecho que ella estaría en Kepler 22b.

—El amor verdadero permanece para siempre en el corazón. Si Ariel se halla allí, no tengo la menor duda que vive cada día pensando en ti.

Mis ojos vertieron un par de lágrimas tras esa frase.

—Álex, es el momento de activar el viaje interestelar. Viajaremos a una velocidad muy superior a la de la luz. Tardaremos unos dos días en llegar hasta el sistema de Kepler —comenzó a explicar Manuel—. Quiero prevenirte que cada cuerpo reacciona de forma diferente ante esta manera de viajar. Algunos pierden la consciencia durante estas travesías, otros sufren ataques de nervios y también algunas personas se duermen profundamente. Aunque la mayoría no sufre ninguna de estas alteraciones y viajan como si nada. Si algo de esto ocurre, la próxima vez que hablemos, será cuando lleguemos al sistema planetario de Kepler, donde el programa de la aeronave terminará nuestro viaje automáticamente.

Esas palabras me pusieron más nervioso de lo que ya lo estaba.

—¿Estás preparado? —me preguntó.

—Sí, estoy preparado.

Entonces presionó el botón que inició nuestro viaje interestelar. Al hacerlo, todas las luces correspondientes a las estrellas que divisábamos se distorsionaron convirtiéndose en larguísimas líneas luminiscentes y difusas. Nuestra nave deformó el espacio que le rodeaba e ingresó en las profundidades cósmicas del universo.

A mi alrededor todo estaba borroso, incluso el interior de la nave. Dirigí mi mirada hacia el asiento de Manuel. Al hacerlo observé, aunque turbiamente, que mi antiguo jefe permanecía mirando al frente como si nada. En cambio, yo, me estaba empezando a desvanecer. Instantes después, todo mi alrededor se apagó y perdí la noción del tiempo.

Cuando abrí los ojos, nuestra nave ya no viajaba a altas velocidades. Lo hacía más despacio, a la misma velocidad que habíamos viajado a través de nuestro sistema solar.

—Ya era hora de que despertaras, ya casi hemos llegado —me dijo Manuel, mientras yo seguía aturdido en mi asiento.

Minutos más tarde, un punto verdoso surgió al frente de entre la oscuridad. Al aproximarnos se convirtió en una pequeña esfera y cuando nos acercamos aún más, la esfera pasó a ser un bonito planeta verdoso recubierto de nubes iguales que las de la Tierra.

—¿Eso es Kepler?

—Sí. Toma, come algo —me dijo, ofreciéndome una barrita de comida procesada que acababa de sacar del expendedor—. Has pasado casi dos días sin comer.

Mientras me la comí, Manuel siguió diciendo:

—Cuando penetremos en la atmósfera de Kepler 22b se originarán turbulencias. Es algo normal, no te preocupes.

Yo asentí con la cabeza.

Al entrar en su atmósfera, nuestra nave empezó a dar grandes sacudidas. La fricción que ejercía nuestro vehículo al introducirse en el cielo de Kepler provocó que el ventanal de nuestra nave, el que teníamos al frente, por momentos se pusiera rojo incandescente. Pero en cuanto trasvasamos la zona más densa de ella, el ventanal se enfrió y recobro la normalidad. A continuación, seguimos descendiendo hasta liberarnos totalmente de la capa protectora de aquel planeta.

—Descenderemos en la zona donde lo hicieron ellos anteriormente. Si sobreviven estarán cerca de ese lugar —me dijo.

—¿Cómo sabes donde lo hicieron? —pregunté.

—Ya acordé un punto exacto para ello con mi fiel empleado, el hombre que dejé al cargo de todos los que envié. Ese lugar iba a ser el mismo al que yo iría cuando completara el *Proyecto Matusalén* —me explicó—. Así que supongo que no estarán muy lejos de allí.

—Pero, al no concluir tu proyecto, has venido casi ciento cincuenta años antes de lo acordado. A lo mejor...

—A pesar de ello, es el mejor lugar para aterrizar. ¿O quizás se te ha ocurrido a ti alguno mejor? —me interrumpió un poco a regañadientes.

—Tienes razón —asumí.

—¿A que es bello lo que ves? —me preguntó cambiando totalmente el rumbo de nuestro diálogo.

—Es precioso, es muy bonito —le dije mientras observaba la verdosa superficie planetaria.

Justo cuando una de las pantallas nos indicó que permanecíamos a veinte mil metros de altura, otro monitor nos advirtió que el sistema de frenado, el que necesitábamos para posarnos suavemente sobre Kepler, se había averiado. Seguramente se estropeó al entrar en la atmósfera.

—Álex, no vamos a poder aminorar la velocidad con la que descendemos —me dijo— quizás este sea nuestro final.

En ese momento nuestra nave nos comunicó:

«Sistemas de disminución de velocidad averiados. Prepárense para un aterrizaje forzoso».

En aquel momento sentí miedo. No por el hecho de morir en el inminente impacto, sino que sentí temor por considerarme tan próximo al final de mi vida justo en el momento en el que me sentía más cerca de la posibilidad de encontrarme con Ariel.

Para calmarme tuve que dejar de pensar en la caída de nuestra nave y sus consecuencias. Para ello reconstruí la imagen de Ariel en mi cabeza. A continuación, recreé algunos buenos momentos junto a ella, su risa, su voz...

«Colisión inminente. Prepárense para un aterrizaje forzoso», volvió a repetir nuestro aparato.

Ante esa advertencia abrí los ojos. Al hacerlo comencé a distinguir la zona sobre la que nos abalanzábamos y estábamos a punto de caer. Parecía ser un claro en medio de un inmenso y frondoso bosque. El prado que estaba a punto de recibirnos poseía un colorido verde claro comparado con el matiz de los altos árboles que lo rodeaban.

La mirada pasiva de Manuel transmitía que era el fin. Instantes después impactamos contra la superficie.

BUCLE RECIENTE

A mi alrededor todo estaba roto, sucio y descolocado. Los sistemas tecnológicos de la nave estaban destrozados. Colgaban cables por doquier y la mayoría de las paredes del vehículo estaban desquebrajadas y deformadas. Varios orificios en las paredes de la nave dejaban pasar al interior del habitáculo los rayos del astro que daba vida a Kepler 22b.

Al desabrochar las sujeciones que todavía me mantenían aferrado al asiento caí al suelo desde un par de metros, y al no hacerlo con la misma fuerza con la que lo hubiera hecho en la superficie terrestre, entendí que ese mundo poseía una gravedad menor, aunque fuera mínima su diferencia respecto a la Tierra. Al ponerme en pie me percaté del daño que había sufrido uno de mis tobillos, lo tenía roto. Sin embargo, gracias a la insignificante diferencia de gravedad de Kepler 22b pude ponerme en pie.

Lo primero que hice fue buscar a Manuel entre todo el desorden. Fue entonces cuando me percaté de que la aeronave se había seccionado en dos con el accidente y que en aquella mitad me encontraba solo, ni rastro de Manuel. Al llegar a la parte por donde se había partido la nave contemplé el exterior de la misma.

Decidí salir de allí en busca de la otra mitad del vehículo espacial, donde se debía encontrar mi antiguo jefe. En cuanto lo hice me hallé ante el entorno más natural en el que he estado nunca. El aire tenía un olor indescriptible, que deleitó mi sentido del olfato hasta casi llevarlo al éxtasis. La fina y corta hierba era balanceada por la tenue brisa, y al hacerlo variaba la intensidad de su color, emitiendo miles de centelleos en cada ondeada. A lo lejos, allá donde empezaba la selva, se alzaba una voluminosa arboleda cuya vegetación se elevaba hasta el medio centenar de metros.

Una química especial con Kepler 22b, que soy incapaz de describir, me hizo conectar con mi alrededor desde el primer momento que pisé su superficie.

A una decena de metros a mi derecha pude ver la otra mitad de la aeronave. A pesar de la inestabilidad que me producía mi tobillo, comencé a caminar hacia ella. Casi a mitad del recorrido me encontré ante lo que no había esperado encontrarme, por lo menos tan pronto: un grupo de gente, que debían ser las personas enviadas por Manuel hacía doscientos dos años, inspeccionaban los alrededores de aquel pedazo de la nave.

En cuanto los vi, corrí como pude hacia ellos y grité. Cinco de ellos vinieron hacia mí.

Al ver que venían a mi encuentro paré y me dejé caer suavemente contra la hierba. No aguantaba más en pie, el tobillo me dolía demasiado. Enseguida, tras los cinco se acercaron más, hasta ser un grupo de unos quince miembros. Me di cuenta de que ninguno de ellos aparentaba menos de cincuenta años, era lógico: el paso de los dos siglos que llevaban allí, proporcionalmente debía equivaler, para ellos, a que solo hubiera transcurrido una veintena de años, debido a la longevidad extra que te ofrecía Kepler 22b respecto a la de la Tierra.

Formaron un círculo muy reducido a mi alrededor, quedando algunos de ellos en un segundo plano.

—¡Parece de la Tierra! —exclamó una de las voces.

—No lo es. Mira su brazo, es metálico —dijo otro.

— ¿Es un robot? —murmuró un tercero.

Siguieron hablando de ese modo mientras yo permanecía recostado sobre la hierba. Durante los siguientes instantes, la intensa emoción que me invadió por haberme reencontrado con aquella gente de la Tierra y además correspondientes a mi misma época, bloqueó mi capacidad de hablar.

Cuando terminaron de conjeturar sobre mí, uno de ellos decidió ayudarme.

—¿Cómo te llamas? —me dijo el mismo hombre que trataba levantarme de la cómoda hierba.

Al inclinarme ligeramente hacia delante observé que ya no me rodeaban quince personas, sino más del doble. La gente que se había quedado indagando en los alrededores de la otra mitad de la nave vino atraída por el tumulto que había producido mi presencia.

Justo antes de que pudiera pronunciar mi nombre, una persona situada en un segundo plano en ese grupo de gente que me rodeaba dijo:

—Álex... ¿Eres tú?

—¡Ariel! —respondí nada más escuchar la voz, sin todavía haberla visto entre la multitud.

Al ponerme en pie la vi con sus ojos llenos de lágrimas. A pesar de que ya no era aquella chica joven de veintiséis años que dejé para ir a *Frigoma*, su belleza nubló mi mente como el primer día y acto seguido me desmayé.

De repente abrí los ojos y observé que la nave había dejado de viajar a altas velocidades y lo hacía más despacio, a la misma velocidad con la que habíamos viajado a través de nuestro sistema solar.

—Ya era hora de que despertaras, ya casi hemos llegado —me dijo Manuel, mientras yo seguía aturdido en mi asiento, al igual que lo había hecho antes.

Seguidamente, un punto verdoso surgió en la lejanía. Conforme nos aproximamos hacia él, aumentó su tamaño, hasta que otra vez me encontré frente a ese bonito planeta verdoso recubierto de nubes iguales que las de la Tierra.

No podía creer que mi episodio recién vivido en Kepler 22b hubiera sido un sueño, o quizás una alucinación provocada por el desvanecimiento que sufrí causado por el viaje interestelar. Pero todo apuntaba que así era.

Esta vez no le pregunté si ese planeta era Kepler 22b, porque de algún modo ya sabía que sí. Acababa de sucederme algo inexplicable. Además de estar viendo las mismas imágenes de Kepler 22b que habían aparecido en mi reciente alucinación, Manuel había pronunciado el mismo comentario que en mi visión.

Pero esto no acabó aquí, porque, aunque no le pregunté si aquel precioso planeta era Kepler 22b, me lo dijo él, y a continuación, otra frase de las que habían aparecido en mi sueño:

—Lo que ven tus ojos es Kepler. Toma, come algo, has pasado dos días sin comer mientras dormías.

Y otra vez, al igual que en mi sueño, me comí esa barrita de comida procesada que Manuel me ofreció.

—Cuando penetremos en la atmósfera de Kepler 22b se originarán turbulencias. Es algo normal, no te preocupes.

¿Podía ser que estuviera todavía soñando, que no hubiera despertado y que el intenso viaje interestelar estuviera aún afectándome mientras dormía colocándome en ese sueño repetitivo? No lo sabía, todo parecía tan real... incluso más que lo recientemente soñado.

Al penetrar en la atmósfera se volvieron a producir las sacudidas. La fricción que ejercía nuestro vehículo al introducirse en el cielo de Kepler 22b provocó que el ventanal de nuestra nave se pusiera rojo incandescente y, más tarde, cuando atravesamos por completo la atmósfera recobró su estado normal.

A continuación, comencé a ver la superficie de Kepler 22b y otra vez las imágenes que veían mis ojos eran exactas a las de mi sueño.

Una de las pantallas no tardó mucho en informarnos de que el sistema de frenado de nuestra nave se había averiado.

—Álex, no vamos a poder aminorar la velocidad con la que descendemos —me volvió a decir Manuel—. Quizás este sea nuestro final.

Seguidamente, nuestra nave, al igual que antes nos comunicó:

«Sistemas de disminución de velocidad averiados. Prepárense para un aterrizaje forzoso».

Aquel bucle de repeticiones me estaba empezando a volver loco.

«Colisión inminente. Prepárense para un aterrizaje forzoso», dijeron otra vez los sistemas de nuestra aeronave.

Se empezó a ver la zona sobre la que nos precipitábamos. Parecía ser una zona despoblada en medio de un bosque frondoso. Aquel prado en el que estábamos a punto de caer era de un verde claro que resaltaba entre los árboles que lo rodeaban.

La mirada pasiva de Manuel transmitía que era el fin. Instantes después sufrimos el golpe.

A mi alrededor todo había quedado destrozado tras el impacto. Los sistemas tecnológicos de la nave habían quedado inservibles y algunos de ellos esparcidos entre la chatarra. Colgaban cables por doquier y la mayoría de las paredes del vehículo estaban desquebrajadas y deformadas. Varios orificios en las paredes de la nave dejaban pasar al interior del habitáculo los rayos del astro que daba vida a Kepler 22b...

Continuará…

Desperté postrado sobre una especie de camastro que colgaba del techo a modo de hamaca. Más tarde descubrí que estaba confeccionado con hebras de *biomo*. El verde reinaba en el interior de la exótica cabaña en la que me encontraba. Su arquitectura estaba compuesta por vegetación diversa. La construcción mostraba gran solidez y consistencia.

Escudriñé el lugar tratando de averiguar dónde me hallaba. A unos cinco metros de mi posición, en la penumbra, vi a alguien durmiendo sobre lo que parecía ser un banco de madera. Fijé la mirada y la descubrí. Se trataba de Ariel, que permanecía dormida en una complicada posición corporal. ¿Seguía sumido en un sueño? ¿O aquella escena significaba que nuestro reencuentro, tras mi llegada a Kepler, había sido real?

Después de todo lo vivido, de añorarla tanto, necesitaba regalarle cuanto antes el abrazo más puro que se podía dar. Sentí ganas de despertarla, de iniciar nuestro apasionante reencuentro. Pero otro sentimiento, de lo más inesperado, curioso y tierno, se entrometió en mi cabeza durante unos segundos. Mi corazón se adueñó de la situación. Al verla dormir plácidamente, encontrarme con su belleza, con su rostro angelical, y con su frágil respiración, quise deleitarme un instante con aquella escena. Y esperé. Disfruté de ese momento. Echaba de menos todo de ella, hasta esos momentos en los que en nuestro antiguo hogar la contemplaba mientras dormía.

Al despertarla se levantó rápidamente del banco en el que se había quedado dormida mientras me cuidaba y se abalanzó sobre mí. No paraba de repetir: «*Álex, mi vida, estás aquí.*» Un colosal y apasionado abrazo al que ninguno de los dos podíamos ponerle fin, se apropió del momento. La tensión contenida de Ariel no tardó en convertirse en lágrimas que resbalaron por sus mejillas hasta humedecer las mías. Se produjo el momento más emotivo de toda mi existencia. Si algún experto en el campo del amor hubiera interpretado el encuentro, hubiera calificado el momento como una escena en la que dos personas tenían miedo a volverse a separar, y que a partir de ese instante se fundían para dar lugar a un único individuo.

Necesitábamos recuperar todo el tiempo perdido y estábamos dispuestos a ello. La vida en Kepler nos esperaba…

KEPLER 22B

Mientras manteníamos nuestra pasional y magna escena de amor, incliné ligeramente la cabeza para mirar mi pie.

—Lo llamamos *biomo* —me explicó Ariel más calmada.

—¿Cómo dices?

—Me refiero al material con el que mis compañeros te han vendado el tobillo. Pronto estará curado. Posee propiedades curativas sorprendentes, entre otras muchas cualidades. Más adelante descubrirás por qué el *biomo* es tan importante para nosotros. Lo utilizamos casi para todo.

—¿Cómo he llegado hasta aquí? —le pregunté.

Escanea el código para comprar en Amazon Viajando entre dos mundos (Exiliado en el futuro: parte 2)

¡GRACIAS POR LA LECTURA!

Si te ha gustado el libro no olvides dejar tu opinión en los comentarios de Amazon. Tu valoración es muy importante para mí. Con tu gesto estarás contribuyendo a que la historia llegue a más gente.

GRACIAS

SOBRE EL AUTOR:

Ismael Santiago Rubio (1988) nació en Villena (Alicante), población donde reside. Su afición al cine, los cómics y la literatura de ciencia ficción, le viene de niño. En 2014 publicó *Exiliado en el futuro* y en 2016 *Viajando entre dos mundos*, novela con la que puso punto y final a esta bilogía de ciencia ficción blanda que se ha vendido en España y en otros países hispanohablantes, como Colombia, Ecuador, México, así como en Estados Unidos, Francia y Canadá. Tres años después publicó *Inmemorian*, obra que se alzó con el Premio Literario Amazon de 2019 y que ha obtenido un gran reconocimiento del público. *El caso de los cerebros inservibles* es la segunda entrega de la serie de historias de *Inmemorian*. Recientemente ha publicado su primer ensayo: *Así gané el premio literario de Amazon*, un libro con el que pretende acercar el certamen a futuros aspirantes y compartir una bella experiencia vital que le sucedió durante su paso por el concurso.

En la actualidad trabaja en varios proyectos literarios diferentes, al mismo tiempo que escribe para que nuevas historias de *Inmemorian* vean pronto la luz.

Además, Ismael dirige su propio podcast: *El Cosmonauta*, un programa de ciencia, misterio y ficción que puede escucharse en la plataforma de Ivoox.

CONTACTA CON ISMAEL SANTIAGO EN:

Facebook Ismael Santiago Rubio – Escritor

Twitter: @ismael_escritor

Instagram: @ismael_escritor

Telegram: Lectores de Ismael Santiago Rubio

Youtube: El videoblog de Ismael Santiago Rubio

Sitio web: www.ismaelsantiago.com

Correo electrónico: info@ismaelsantiago.com

Inmemorian
(Novela ganadora del Premio Literario Amazon 2019)

El caso de los cerebros inservibles:
una historia de Inmemorian

Así gané el Premio literario (de Amazon)
y consejos de otros ganadores y finalistas.

*Puedes encontrar todos los libros en:

www.ismaelsantiago.com

*Suscríbete a la lista de correo para recibir las novedades.
Escanea este código:

9 788460 864790